中得一美

おやこしぐれ

実業之日本社

実業之日本社文庫

目次

序章　春　5
第一章　事件　29
第二章　赤い糸　50
第三章　氷の家　72
第四章　二人の母　91
第五章　初盆　115
第六章　賢樹館　131
第七章　鬼母　163
第八章　告白　191
第九章　雨上がり　213
終章　そして、春　238

序章　春

「お祖母《ばあ》様なんて大嫌い！」

隠居所から走り出た私は、庭の松の木まで来た時に、そう叫んで地団駄を踏んだ。

せっかく母が着せてくれた晴れ着の裾が乱れた。しかし、そんな事を気にする暇もなく、今しがた叱られたばかりの祖母十和《とわ》のツンとした鼻、尖《とが》った顎の形、意地悪くにやけた口元などが思い出されて、腸《はらわた》が煮えくり返るようだった。

「どうして、どうして、いつも、はるのばかり……」

そうつぶやくと、松の木を力まかせに蹴飛ばした。

「痛ッ！」

思わず大声を出した。草履の先で当てたつもりが、つま先がぶつかってしまったからだ。あまりの痛さに、私は松の木の枝に突っ伏して泣き出した。一旦泣き出すと、涙はあとからあとから湧いてきて、止まらなくなってしまった。

その日は、正月のご挨拶にと、姉や弟と一緒に祖父母の住む隠居所へ出かけた。母屋とは別にある隠居所は、祖父長弼《ちょうすけ》が家老職を辞した後に、建てられたものだ。毎年、年が明けると、姉弟揃《そろ》って年始の挨拶に行くのが我が家の習慣だった。

しかし、その日私は、おろしたての着物を着て、少々浮かれ過ぎていたのかもしれない。それは、年末に、谷田《やだ》家のお祖母様から、姉のよしのと私のためにと贈られたもので、赤地に大振りな花模様があしらわれ、袖を通すと、まるでどこぞの姫君のようにも見えるのだ。

私は嬉しくて、照れくさくて、弟の百太《ももた》とふざけ合ったりしていた。

そんな高揚した気分のまま、隠居所へ赴いたので、挨拶が上手《うま》く出来なかったようだ。ようだと言うのは、襖《ふすま》を開けて両手を付くと、「やり直し！」という大声とともに、指に強い痛みが走ったからだ。

驚いて顔を上げると、祖母の十和が長い竹尺を伸ばし、鬼の形相で睨《にら》んでいた。

「はるのだけ、やり直し！　指が畳の縁についています」

そう言うと、隣に座る祖父に同意を求めた。

「ね、お祖父《じい》さん」

「うむ」とだけ言って、祖父は困ったように笑っている。私は、生まれてこの方、祖父が祖母を相手に、意見しているのを一度も見たことがなかったのだが、この時も到底、私を守ってくれそうもなかった。祖父が何も言わないので、祖母はますます居丈《いたけ》高《だか》になり、

「本当にはるのは、女の子なのに行儀が悪い」と言って声を張り上げた。

「もう一度やり直し！」

それから私は、何度も頭を下げるが、その度に、「指の置き方が変」だの「肘が曲がっている」だの「額と畳が近い」だの言われ、すぐさま竹尺が飛んでくる。

ピシリ！　ピシリ！　と叩《たた》かれるうちに私の指は、真っ赤になってしまった。

それなのに、

「よしのと百太はこちらへおいで。ほうらお年玉をあげよう」

などと姉と弟だけは甘い声で招き入れた。

あまりの痛さと惨めさに耐え切れず、私は思わず立ち上がり、お祖母様を睨みつけると、何も言わずに部屋を飛び出してきた。

「あの鬼婆め、鬼婆め！」

そう言いながら、私は松の枝を叩いていた。

私には、日頃から厳格な祖母が、本当の身内のようには感じられなかった。血も涙もない鬼婆にしか見えなかったのだ。

「谷田のお婆様が、本当のお婆様だったら良かったのに……」いつしかそうつぶやいていた。

谷田のお婆様は、父の遠縁《とおえん》に当たるという人で、私は一度も見た事がなかったけれど、私達姉弟の祝い事には、必ず贈り物をしてくださる優しい方だった。

今年のお正月にもこの晴れ着を贈って下すったのに、あの鬼婆ときたら、私と姉に、自分の古着を解《ほど》いて着せようとしたのだ。それはお祖母様が若い頃に着ていたという地味な総絞りだったが、ところどころに虫食いの跡があった。

「こんなものを私と姉様に」と私は憤ったが、母の夕《ゆう》は着物を撫《な》でながら「でも、こちらの方が、物はいいのだけれどね」と独《ひと》り言《ご》ちた。

なんでも母が言うには、お祖母様は、ご自分が大切にしていた着物を、孫娘たちに着て欲しかったのだという。それと、もう一つは、たとえ虫食いだとしても、丁寧に仕立て直し、質素倹約を身に付けて欲しいというお気持ちだったようだ。けれど、私達にとっては、そんなものはいらぬお世話だ。

第一、晴れ着を贈られたのに、なぜそんな古着を着なければならないのだ。意味が分からなかった。だから、それは、やっぱり、お祖母様特有の意地悪さなのだと、私は確信していた。

きっと、私が谷田のお婆様の着物を着たので、それが気に食わなくて、私に辛《つら》く当たっているのだ。そうだ、そうに違いない。けれど、だとしたら、一緒に贈られた着物を着ている、姉のよしのはどうなのだろう？　それなら、姉もあの長尺で叩かれる筈《はず》ではないか？

そこで私の考えは止まってしまった。

「もしかすると……」と思った。

私だけ、この家の子供ではないのではないだろうか。私だけ、どこか他所《よそ》から貰《もら》われてきた、子供なのではなかろうか。そんな不安が胸をよぎった。しかし、その思いに支配されればされるほど、私の目からは、また涙が溢《あふ》れ、止まらなくなってしまうのだ。

隠居所から居なくなった私を心配して、母が捜しに来た。けれど、その時の私の顔は、もう涙の跡で、ぐちょ、ぐちょ。目は真っ赤に腫れて、髪も乱れ、着物も着崩れていた。

「はい、これはお祖母様から」

少し落ち着いてから、母から差し出されたのは、お年玉の袋だった。

それを見た私は、即座に「要らない」と突っぱねた。驚いた母は、「でも、これは、はるのの分だからって」と戸惑うが、私は頑《かたく》なに受け取らなかった。押し問答の末に、手渡されたポチ袋を、私は床に叩きつけた。

「要らないってば」

母は呆《あき》れていたが、私はあんな鬼婆からビタ一文、貰うものかと決意していた。

大人になった今では、なぜあの時、あんなに怒っていたのか分からない。母は、「また、はるのの癇癪《かんしゃく》がはじまった」と笑いながら肩をすくめていたが……。

だが、私は悔しかったのだ。お祖母様が、私だけに厳しかったから……。私だけ継《まま》子《こ》扱いだったから……。幼い頃の私は、お転婆だったので、きっとお祖母様には気に入らなかったのだろう。

くしゃくしゃに丸まったお年玉袋が、いつまでも畳の上に転がっているのを、私は悲しい気持ちで見つめていた。

その頃、父の長門《ながと》は藩の要職につき、財政改革を任せられていた。そのため連日領内を飛び回り、検地のやり直しや、港の建設、新田、塩田の開発という、難しい政策に取り掛かっていた。

普段は姿の見えぬ父上が帰ってきた時には、子供たちは上を下への大騒ぎで、いつもは静かな邸内も一気に華やぐのだ。

弟の百太は、早速、居間でくつろいでいる父の膝へ飛び乗っては、甘えていた。姉のよしのも側にいて、一所懸命父の話に耳を傾けている。少しお澄ましして、もう自分は子供ではないという風を装っていた。母上は、そんな子供たちの様子を、少し離れたところから見つめては、微笑《ほほえ》んでいらした。

私はと言うと、久しぶりの父上の背中に、思いっ切り、寄り掛かりたかったけれど、「もう、お姉ちゃんなのだから」という母の言葉を思い出し、我慢した。入口付近にたたずみ、中の様子を窺《うかが》っていると、父上が、「どうした、はるの。わしがせっかく帰ってきたというのに」と怪訝《けげん》そうに声を掛けたので、もう辛抱ならなかった。

私は「父上！」と叫びながら走っていき、その背中に力いっぱい抱きついた。父は、「こらこら」と言いながらも、笑っていた。私は、大きくて温かい、この父が大好きだった。

父は子供たちには優しかったが、祖父母に対しては、一線を画していた。と、そのように、子供心に感じていた。父は、帰って来ると、まず隠居所に挨拶に行くが、それは、どこかよそよそしく、儀礼的に見えるのだ。祖父母と父との間では、短いやりとりしかなく、父が日頃私たちに見せている、親密さとは程遠かった。

私はそれをひとえに、祖母十和の人を寄せ付けない、峻厳《しゅんげん》さにあると思っていた。父と祖母の間には、私と母の間にあるような、肌の触れ合いがない――ように見えた。子どもの目からしても、二人の間には、どこかぎこちなさがあるように感じていた。

百太が産まれるまで、父の膝の上は私のもので、父上が帰ってくると、私はよくその中に飛び込んだものだ。父は私を抱きしめると、脇やお腹をくすぐってくれた。私は、きゃっきゃっ、きゃっきゃっと笑いながら転げ回るのが常だった。ある時、父がふざけて、私の頬っぺたを両手で引き延ばした。私の柔らかな頬っぺたは、その頃、まるで餅のように伸びたからだ。

「痛い」

突然、何かが突き刺さって、私は思わず声を上げた。

「ごめん、ごめん」と言いながら、父はすぐに手を放したが、私は、心地良さから一転、不快な闇に突き落とされたような気がして、泣き出してしまった。

しばらく経った後、父の手を見ると、左手の親指の第一関節がえぐれ、皮膚がガサガサとささくれ立っていた。私は驚いて、

「父上、これはどうしたの」と尋ねると、父は一瞬、暗い顔つきになると、

「これはね、昔、父が犯した過ちを、戒めるためのものなんだよ」と寂し気に笑った。

私は急に不安になって、

「私も間違ったことをしたら、こんな風になるの」と聞くと、

「はるのはならない。けれど、悪い事をしたら、蔵には入れられるかな」と笑った。

「いやあーっ！」

それを聞くと、私は恐怖で叫び声を上げた。

裏庭にある蔦《つた》の張った、古びた土蔵の中に入れられることほど、子供らにとって、恐ろしいものはなかったのだ。


父のえぐれた親指を見て、これはきっとお祖母様にやられたのだろうと思った。祖母の父に対する態度は、とりわけ他人行儀だと感じていたからだ。それなのに父は、何か悩み事がある度に、お祖母様の部屋へ行き、長い事話し込んでいた。

何をそんなに話す事があるのだろうか。どうせお祖母様に聞いたって、最後には

「お前のいいようにおし」と突き放されるだけなのに？

そう、お祖母様はいつも父にこう言っていた。

「お前がやる事に間違いはないよ。思いっきりおやり」

私にはそれが不思議だった。

だからある日、台所に立つ母に尋ねてみた。

「どうして、父上は、お祖母様のお部屋に行かれるのですか。それほど仲も良くないのに」

里芋の皮を剝《む》いていた母は、突然の私の質問に困ったような顔になり、

「はるのには、お父上がお祖母様と仲が悪いように見えるのですね」と言った。

私がそうだと答えると、母は苦笑いして、「まあ、そうかもしれませんね」と前置きしながら、「あのお二人の仲は特別ですから」と少し羨ましそうに言った。

「だから誰にも分からないのですよ」


あとで聞くと、父上は、仕事上で行き詰まると、お祖母様の部屋へ行き、話を聞いてもらうのだという。話しているだけで、心が落ち着くのだそう。普段から近寄りがたいお祖母様のどこに、親密さを感じて、父は会話をするのだろうか。私ならご免だ

わと思うのだが……。

ある時、私は母に連れられて、同じ家老職の田辺家へと出向いた。何かのお届け物のついでだったと思うが、母親たちがお喋《しゃべ》りに興じている間、子供たちだけで遊んでおいでと言われ、私は縁側へと追いやられた。田辺家には私と年の近い、綾さんという女の子がいた。

綾さんと二人、お手玉で遊んでいると、彼女は急に辺りを見回して、誰も居ない事を確かめると、声を潜めてこんな事を言い出した。

「ねぇ、あなたのお祖母様に、角があるって本当？」

私は驚いて、綾さんの顔をまじまじと見つめた。何かの冗談かと思ったのだ。でも、彼女の表情は真剣そのものだった。

「口が耳まで裂けているんですって？」

「頭に角があるって本当？」

「寝ている間に、子供を食べちゃうんだって？」

あまりの事に私が、二の句が継げずにいると、

「はるのさんは大丈夫なの」と心配そうに私の手を触ってきた。

「かじられていない?」

それを聞くと、私は思わず、その手を振り払った。

「なぜそんな事を言うの。それじゃあまるで、うちのお祖母様が鬼みたいじゃない」

しかし、綾さんは、悪びれた様子もなく言った。

「あら、みんな噂しているわよ。岩井《いわい》の婆さまはオニババだって。取って食われるから、近づいちゃいけないって」

私は衝撃を受けた。確かに、お祖母様を鬼婆だと思ったことはあるが、それは私が身内だからで、まさか、赤の他人から言われるとは思ってもみなかった。家族が思うのと、他人が言うのとでは訳《わけ》が違うのだ。私は一言も言い返せずに、それからの間、ずっと黙り込んでいた。


家へ戻ってからも、物も言わずに部屋へ引き籠《こも》った私を見て、母は不審に思ったようだ。その夜、父が帰って来ると、母から事情を聞いたのか、

「はるの、どうした。元気がないそうだが」と、部屋へ現れた。

父の顔を見ると、今まで堪《こら》えていた感情が、はち切れてしまった。

「父上、お祖母様が、お祖母様が……」あとは涙で声にならなかった。

私はしばらく父の膝の上でしゃっくりを上げていた。もうずいぶん背丈が大きくなり、父の顎の辺りまで頭がきていた。こんなに大きくなったのに、まだ父に抱かれているなんて……、こんな姿を姉や百太が見たら、何を言われるかと、恥ずかしくなった。

それでも父は、私が落ち着くまで、身体《からだ》を揺すってくれていた。

今日あったことを、涙ながらに切れ切れに話すと、

「はるのは、お祖母様が鬼に見えるのかい」と聞かれた。

「ううん」と私は首を振った。

時には、お祖母様を憎たらしいと思う事もあるけれど、それは、私が悪さをして怒られた時だし、お祖母様を本気で鬼だなんて考えたこともなかった。

「それじゃあ、お祖母様は鬼じゃないよ」

そう言うと、何か考え込むようにしていた父が、静かにつぶやいた。

「優しい方だよ。とってもね」

それを聞いて、私は驚いた。

「お祖母様が優しいですって⁉」

思わず素っ頓狂な声を出した私に、父は笑って、

「本物の優しさは、表にはあらわれないんだよ」と言った。

「後からじんわり届くんだ。ここにね」

そう言うと、私の胸に手を置いた。

しかし、まだ半信半疑な様子の私に、父は続けた。

「その昔、お父様は、お祖母様の一番大切なものを、失《な》くしてしまった事があるんだ」

「一番大切なもの？」

「そうだ。それは、お祖母様にとって、とても大事なもので、ひどく辛い出来事だったんだよ。それでも、最後にはお父様を許して下さったんだ」

私は母の事を思い浮かべた。母なら、いくら私が失敗しても、笑って許してくれるだろう。だから、お祖母様が許すなんて、当たり前じゃないだろうか、そう私が言うと、父は、

「それじゃあ、はるのは、自分が大切にしているお人形を、百太が壊したらどう思う」と尋ねてきた。

「手足をバラバラにもぎ取られて、壊されたとしたら、許せるのかい」

私は何も言えなかった。百太が私の大切にしているお人形を壊す？　そんな事は想像しただけでも恐ろしくて、気が狂いそうだった。

私が黙っていると、父が言った。

「深い悲しみを知る者にしか、本物の優しさは表せないんだ」

「……」

「お祖母様は、たとえどんなに傷ついても、最終的にはお父様を許してくれた。だから私は、あの日誓ったんだ。親孝行をしようと。一生掛けて、お祖母様をお守りしようと、決意したのだ」

私には、その時の父が、何を言っているのかが、よく理解できなかった。けれど、父の膝に包まれながら、その温《ぬく》もりに浸っていると、だんだん心地よくなってきて、ああ、これが本物の優しさというものか、と思った。

それは、綾さんの言葉で傷ついた心を癒してくれるには、十分だった。

それからしばらくして、百太が藩校に入る準備のために、漢籍を習う事になった。先生は近くの鹿音寺《ろくおんじ》の住職を頼んだ。真新しい教科書を貰って、喜んでいる百太を見て、私は悔しかった。私だって、漢籍を習いたかったのに……。

その頃、女の子の教育は、お習字や絵画などの習い事と家事全般をこなす事だった。女子は、お嫁に行くために、家の事をみっちり躾《しつ》けられていた。特に裁縫は、結婚すれば、家族の衣服はもちろんの事、使用人たちの分まで用意しなければならなかったので、小さな頃から教わっていた。

けれど私は、そんな事よりも、母が読み聞かせてくれる物語の方に関心があった。昔話や小説、お芝居のあらすじまで、幼い頃より大人たちに、「読んで、読んで」とせがんでいた。なので、新しい事を学ぶ事の出来る百太が羨ましくてならなかった。

「どうして女子は藩校へ行けないのです?」と母上に聞いても、呆れたような顔をされるだけだった。「私だって、論語を学びたいのです」そう訴えても、「書き取りは終わったのですか」と逆に叱られる始末で……。その様子を母の後ろで見ていた百太が、私に向かって、アカンベェをしてきたので、ついカッとなり、追いかけた。

裏庭で追いついて、げんこつをくらわせると、百太は泣いて降参した。私は戦利品として、漢籍の教科書を頂く事にした。けれど、それは、すべて漢文で書かれていて、ちっとも読めやしなかった。ベソをかきながら、百太は、

「姉上は変わっている。こんなもの、頼まれたって、やりたくないのに」と言っていた。月に二回、住職が来て、一時《いっとき》あまり机の前でじっとしなければならないのを、相

当苦にしていたようだ。

だが、私は未知の世界に心を奪われていた。ここには一体、何が書かれているのだろう。その教えって何だろうと、知りたくてうずうずしていた。

しかし、その夜、祖母に呼び出されてしまった。

百太から教科書を分捕《ぶんど》ったのが、ばれたのだ。

祖母の怖さを十分知っていた私は、また、あの長尺でこっぴどく叩かれるのだろうか、それとも、綾さんが言っていたように、酷薄そうなあの大きな唇で食べられてしまうのか、と恐る恐る隠居所へ向かった。

部屋へ入ると、祖母が腕組みをして待っていた。その顔からは感情が読み取れない。

私は、それを見るや否や、すぐに畳に頭を擦《す》り付けた。

「申し訳ございません！」

祖母は少しの間、何も言わずに私を見下ろしていた。

私はますます恐ろしくなって、顔が上げられなかった。しばらくしてから、ようやく祖母が口を開いた。

「四書《ししょ》五経《ごきょう》を学びたいのですって」

その声は高圧的で、冷たく、室内に響いた。

「は、はい」

「そのために、弟を泣かせたって」

「は、はい。その通りです。申し訳ございませんでした」

私は、更に頭を低くした。涙がボタボタと畳に落ちた。この分だと、土蔵へ追いやられるのは確定かもしれない。私達姉弟が何より恐れる、あの土蔵へ。私の身体はいつの間にかガタガタと震え出していた。

「そうですか。女子には珍しいこと」

祖母の声は落ち着いていた。

「なら、これで勉強なさい」

「へ？」

私は驚いて、くしゃくしゃの顔を上げた。

祖母は、机の上に、使い古された経書を載せていた。

「これは、あなたの父上が子供の頃に使ったものです。新しい物は、百太に返して、これで学びなさい」

私は狐《きつね》につままれたような気がして、しばらくぽかんと口を開けていた。

「お前はどうも、元気過ぎるのが玉に瑕《きず》のようです。でも、そんな所を私は買っているのですよ」そう言って微笑んだ。

お祖母様が笑った⁉

私は仰天した。

いつも苦虫を嚙《か》み潰したような顔しかしていないのに――？

私はその顔を穴のあくほど見つめていた。

「鹿音寺のご住職には、百太が終わった後、お前にも講義をしてもらうよう、頼んでおきます。ただし――」

祖母の顔つきが変わった。

「途中で投げ出したりしたら、承知しませんから」

「はいッ！」

私は嬉しくて、再び頭を下げた。

お祖母様が私を信頼してくれた。私に勉強させてくれるとおっしゃった！　それだけでもう十分だった。私は胸がいっぱいになり、昔、父が使ったという教科書を持って隠居所を後にした。ふわふわした心持ちで歩いていると、身体の奥底が、じんわりあたたかくなるのを感じた。

まさか！　と思った。まさか、お祖母様にちょっと認めて頂いただけで、こんな気持ちになるなんて――。これが父上の言っていた〝本物の優しさ〟なのか。
これまで恐ろしいとばかり思っていた、お祖母様と心が通じ合うなんて……。私は自分自身の心変わりに戸惑っていた。

今考えても、なぜあの時、お祖母様が私を叱りもせずに、勉強することを許可してくれたのか、よく分からない。女子にも家事以外に教養を身に付けるべきと思っていたのか。それとも、お祖母様自身が本当は、勉強したかったのか。お祖母様は大変な読書家だったから、それもありなんと思ったけれど……。
いずれにせよ、私は百太の講義が終わった後に、鹿音寺のご住職様から直々に四書五経を習う事になったのだ。

春になった。
我が家では、月に二回のお墓参りは欠かさなかったが、特にお彼岸時には念入りにした。家族全員でお供物を持参し、貫主様にお経を上げてもらうのが習わしだった。岩井家の菩提寺《ぼだいじ》、円環寺《えんかんじ》は、浅黄山《あさぎやま》の頂上に位置していた。私たちの住む城下町からは、半時ほどのところで、最後に険しい山道を登らなければならなかった。しかし、頂上から見下ろす町の展望は素晴らしく、向かいには釣鐘をひっくり返したような形の天鐘山が見えた。天鐘山の麓には、私たちの藩主の住まわれる壮麗な津留見《つるみ》城が、内堀、中堀に守られて聳《そび》え立っていた。

津留見藩の城下町は、二ツ木川、立瀬川という二つの大きな川に挟まれた三角州に作られており、城の中堀と外堀の間に上級武士の住む館があり、外側の大河の交わる方に向かって、中級、下級武士群、町屋と住む地域が広がっていった。

二ツ木川の河口付近より、天鐘山に向かって、美しい弧を描く白浜がきらきら光るのが見えた。有明の月と呼ばれるその浜と、外堀とが交わる上級武士群の中に、はるのたちの屋敷もあった。

そんな景色を眺めるのも楽しみの一つだった。

円環寺は、代々女性が住職を勤める尼寺で、大きな石段を登り切ると、急に視界が開け、本堂までの道筋が見える。

参道の両脇には牡丹《ぼたん》や芍薬《しゃくやく》、つつじなど季節の花々が植えられて、奥には、百日紅《さるすべり》や木蓮《もくれん》、紅葉などの低木もあり、行くたびにさまざまな顔を見せてくれるのだ。

特に、石段を登り切った所には、見事なしだれ桜の大木があり、春になると辺り一面、薄桃色で染められた。

反対側には、大人の背丈の倍ほどの、大きな観音《かんのん》像が建てられているが、その像は珍しく、表と裏で表情が違う両面宿儺《すくな》像だった。

表の顔は柔和な観音様だが、裏へ回れば、醜く苦悶《くもん》の表情を浮かべた夜叉《やしゃ》の顔になる。幼い頃の私は、この像が怖くて、怖くて、よく母の陰に隠れたものだ。かなり昔に建てられたものらしく、風雪に耐え抜いた青銅の胴体には幾筋もの白い筋が流れていた。

目的の墓所は本堂を回って裏手に位置しており、岩井家のお墓もその一角にあった。

いつものように、墓石に水を掛け、清めていると、ふと知らない名前が目に留まった。

〝誠光院童誠信士　元文三年三月二十日　行年十五歳〟

ちょうどこの季節に亡くなられたようだ。これまで幾度もお参りに来ていたのに、どうして今まで気づかなかったのだろう。

私は、花を活け替えている母に尋ねた。

「母上、この方はどなたですか」

母は、微《かす》かに肩を震わせたが、やがて、何事もなかったかのように、再び手を動かしはじめた。私は母が聞こえなかったのだと思い、気にも留めなかった。

　お線香を上げ終わると、本堂の縁側で、私は母と二人で休んでいた。母は持参した手ぬぐいで額の汗を拭っていた。穏やかな春の日で、石段の側にあるしだれ桜の花もほころび始めていた。

　小坊主さんが気を利かせて、お茶を運んできてくれた。私たちがそれを頂いていると、祖母と父とが、まだお墓に向かって手を合わせているのが見えた。二人の顔に線香の煙が掛かっている。父たちはお墓にくると、誰よりも長く手を合わせていた。

　私はそれを、二年前に亡くなった祖父を偲《しの》んでの事かと考えていた。辺りに姉と弟の姿は見えなかった。やんちゃな百太が山の斜面に遊びに行き、姉のよしのが付き添っているのだろう。

　私はふと、さっきの事を思い出した。

「母上、我が家には随分と若くして、亡くなられた方がいらっしゃるのですね」

　母は何も言わなかった。私は、何か不味いことを言ったのかと思い、ドギマギした。

物音一つしない中、遠くの方で、百太のはしゃぎ回る声やよしのの叱る声だけが聞こえてきた。

父と祖母はまだ手を合わせている。

「はるのはいくつになったの」

ふいに母が尋ねた。

「十になりました」

そう答えると、しばし口を噤《つぐ》んでいた母が、こちらを向いた。その目には真摯な光が宿っていた。

「はるのも大きくなったのだから、もうお話してもいいでしょう。あの頃の父上と同じ年になったのだから」

そう言って、春の空を見上げた。

空は雲一つなく晴れ渡っていた。

第一章　事件

朝から外では、春一番が激しく吹き荒れていた。

自室で一人、縫い物をしていた十和は、春の息吹が感じられるというこの季節に、どこかうわの空で黙々と手を動かし続けていた。

最後の一針を縫い終えて、玉結びをしようとした時、「つぅ……」気が緩んだのか、針で指を刺してしまった。慌てて指を咥《くわ》えるが、時すでに遅し。布地にポタポタと、血が滴り落ちた。

十和は裁縫が得意で、滅多にこんな失敗はしないのだが、木綿に広がる赤い色を見ながら、なんだか嫌な予感がした。

なんだろう、この胸騒ぎは……。

夫や息子の誠志郎《せいしろう》に何かあったのではないか、そんな不安が湧き起こってきた。

しばらく思案していたが、気を取り直し、どうやってこの汚れを落とそうかと考え

ていた時、

「奥様、新しい雇人が参りました」

という声が廊下から聞こえてきた。

十和は、はっとした。

そうだった。今日は、この間辞めた下女の代わりに、新しい使用人が来る日だった。

動揺を隠し、十和は、「お入り」と返事をした。

障子が開くと、そこには、女中頭の清《きよ》と、後ろには十五、六の少女が控えていた。

「カネでございます。さ、挨拶を」

促されて、小女はかしこまりながら、頭を下げた。

「カネと申します。どうぞよろしくお願いいたします」

十和は笑みを浮かべた。

「よろしく頼みますよ。分からない事があれば、何でも清に聞いておくれ」

「はい」

カネは始終恐縮し、頭を上げることはなかった。


女中部屋にカネを案内しながら、清は言った。

「あなたは幸せ者よ。こちらの奥様は、滅多な事では怒らない、とてもお優しい方ですからね」

カネはうなずいた。

「はい。前に私の住む村で川が氾濫して、家が水浸しになった事があったんです。その時、こちらの奥様がお見舞いに来て、籠いっぱいの夏橙《なつだいだい》をくださったのです」

「まあ、そんな事が……」

清は驚いた。

「そうなんです。我が家は、それを売って、何とか立ち直る事が出来ました。なので、こちらへ奉公すると決まった時、母が本当に喜んでくれて――」

清は、さもありなんと思った。奥様なら、そうなさるだろうと。十和には、困っている人を見ると放っておけないところがあった。だが、清から見ると、それが時に、危うげに見えなくもなかったのだが……。それでも、十和らしい逸話《いつわ》だと思った。

清たちが居なくなってから、十和はまたぼんやりと、仕上がったばかりの肌着を見つめた。

さて、どうやって、この穢《けが》れを落とそうか、などと考えを巡らせていると、玄関の方からバタバタと廊下を走る、騒々しい足音が聞こえてきた。

それだけでなく、「奥様、奥様ーッ」と大声で呼ぶ声までもする。

若党の栄之進《えいのしん》だ。この若者は気は良いのだが、大体において大雑把な性格で、なんでも自己流に解釈する癖があった。日頃から屋敷内では走るなと、あれほど言ってるのに、どうしても守れないらしい。十和は家人の不調法に眉を顰《ひそ》めた。

障子が開き、栄之進が走り込んで来た。

「奥様、大変です！」

「何事です」と十和は睨《ね》めた。主《あるじ》がいない留守に、舐《な》められてはいけないと思ったからだ。しかし、栄之進は気にする風もなく、ハアハアと大きく肩で息をつきながら言った。

「誠志郎様が、誠志郎様が……」

「誠志郎がどうしたのです」

「斬られました」

「えっ」

十和は気が動転して、布を取り落としていた。

息子の誠志郎は、十五歳。藩校である賢樹館《けんじゅ》で学んでおり、今朝も遅れそうになり、飛び出して行ったではないか。それなのにどうして？　斬られたとは……？

十和の頭は混乱して、俄《にわか》には信じられなかった。

栄之進の話では、藩校からの帰り道、同じ学徒の者と言い争いになり、斬られたのだと言う。誠志郎の遺体は今、奉行所に運ばれ、検分されているとの事だった。

それを聞くと、十和はもう正気ではいられなかった。それまではまだ、何かの間違いではないかと、一縷《いちる》の望みを持ってはいたが、奉行所へ運ばれたのなら、もう助からないということなのか？　息をしていないということなのか？

十和は青ざめた。

そんな事ってあるのだろうか……。少しくらい、息をしていてもいいじゃないか。脈はないのだろうか。そもそも死んだなんて、嘘なのではないか。誰か別の人と勘違いしているのではないか。慌て者の栄之進の聞き違いでは？　だって、ほら、誠志郎は今朝もちゃんと起きてきて、いつものように仏頂面で、時間をかけて髪を整え、着る物に文句を言いながら、出て行ったではないか。それなのに、亡くなった――だなんて、あり得ない。そんな事ある筈もない！

そこまで考えた時、急に目の前が真っ白になり、十和は気を失っていた。

夕方には、検死を終えた誠志郎の遺体が戻って来た。

それまでは、どうしても我が子の死を信じられなかった十和も、青白い顔で戸板に乗せられ帰ってきた姿を見ると、それが真実であることを認めざるを得なかった。それは残酷な現実だった。この世の母親が最も見たくないものの一つであったであろう。

十和は、誠志郎の遺体に縋《すが》り付くと、声を押し殺し、「誠志郎、誠志郎」と我が子の名を小さく呼んだ。しかし、誠志郎からは、うんともすんとも返事はなかった。

こんな時、いつもは、「何の用ですか」と面倒臭そうに答えるのに、それすらない。十和は、その度に「なんですか、その口の利き方は」と叱っていたのに、そして、必ずまた、誠志郎も憎まれ口を叩いていたのに、今はそれさえ聞こえてこないのだ。

十和の目から、涙がこぼれた。しかし、それを周りの使用人たちに見せるわけにはいかなかった。急いで涙を拭うと、一呼吸置いた。周囲からは洟《はな》をすする音だけが聞こえてきた。

夫の長弼は、つい二週間前に、藩主について、江戸に上ったばかりだった。この家に残っているのは、女と老人だけだ。

しっかりしなければ――。

十和は自分に言い聞かせた。夫が帰って来るまでは、自分が万事、取り仕切らなければならない。

大きく息をつくと、十和は周りの使用人たちに命じた。

「誠志郎を土蔵へ運んでおくれ」

季節は春。これからますます暖かくなるだろう。少しでも息子を元の姿でいさせてやりたかった。

そして、爺《じい》を呼ぶと、「すまないけれど、美根山まで行って、雪を取ってきてくれないか」と頼んだ。美根山は、隣の藩との境にある山で、藩内一高かった。美根山なら、まだ頂上に雪が残っているかもしれないのだ。

爺やは何も言わずに、すぐ支度をして出て行ってくれた。爺は、夫が子供の頃から仕えている者で、十和が一番信頼している男衆だった。

その後ろ姿を見送りながら、十和は、下女たちに湯を沸かすように命じた。それも大釜いっぱいに。これから誠志郎を綺麗にしてやるのだ。息子の身体は泥や血で汚れていた。だから、一刻も早く元の姿に戻してあげたかったのだ。

生まれた時のまんまの、傷一つない姿に。

次第に誠志郎を殺した相手の事も分かってきた。

栄之進が、奉行所で聞いてきた話では、殺した相手は、谷田小太郎《こたろう》という者で、まだ十歳との事だった。

十歳――!?

その年を聞いて、十和は仰天した。

誠志郎は本当に、そんな幼い者に負けたのか。殺されたのか?

十和は衝撃を隠しきれなかった。

何故なら、誠志郎の上背は、五尺六寸もあり、遠くの方にいてもかなり目立つ体格だったからだ。剣術の腕前も、むしろ十和が心配するくらい強かった。それなのに、斬られたと言うのか……?

十和は釈然としなかった。

小太郎は、奉行所に自ら赴き、自首したとの事。現在、伯父の粟谷五郎太《あわやごろうた》の屋敷に幽閉されているという事だった。

一日のうちに、信じられないことが次々と起こり、十和は全ての出来事を受け止めきれずにいた。徐々に五感が麻痺《まひ》し、しびれるような感覚に陥っていた。

しかし、江戸にいる夫にだけは、早く知らせねばならない。すぐさま手紙を書くと、夫の下《もと》へと早飛脚《はやびきゃく》を飛ばした。

土蔵の薄明かりの中で、十和は、下女たちに手伝ってもらいながら、誠志郎の顔や四肢を拭いていた。髪は乱れ、手足には、倒れた時に付着したと思われる、砂やら土埃が付いていた。十和は、それらを丁寧に、爪の中まで取り除いていった。そうして、硬くなった身体を皆で動かしながら、着物を脱がせた。

皮膚が露わになったその瞬間、はっと息を吞《の》んだ。誠志郎の白い肌には、くっきりと、左肩から右脇腹にかけて赤い線が生々しく付いていたのだ。それは、一太刀でやられた傷痕だった。その太刀筋に迷いはなく、切っ先鋭く、均一で、見事で……、美しくさえあった。

十和はごくりと唾を吞み込んだ。何という手練《てだ》れ。これだけの傷を、十歳の子が付けたというのか。十歳の子が？　いつの間にか、十和の顔に大粒の汗が浮かんでいた。そんな十和の様子に、見かねた清が声を掛けた。

「奥様、ここは私が。どうぞ奥様はお休みになって下さい」

しかし、十和は気丈にも首を横に振った。

「大丈夫。私がやります」

そう言うと、再び息子の身体を、入念に拭きはじめた。それはまるで、そうすることで、血行が良くなり、今にも息を吹き返すのではないか、と言わんばかりだった。汗だくになりながら、懸命に続ける十和の姿は、見る者に同情を禁じえなかった。

清拭《せいしき》を終え、白帷子《かたびら》を着せた。下着は今朝、仕上がったばかりの真新しいものを使った。血の汚れは綺麗に取り去っていた。それを着せながら、ふと、これを縫いながら胸騒ぎがした事を思い返していた。

あの時は、まだ平和だった。悩みがあると言っても、今とは比べ物にならないくらい些末《さまつ》な事だったのに。これに比べれば……、となおも涙が出てきた。

十和には分かっていたのだ。もう二度と、今朝方までのような、幸せな日々が戻らない事を。もう二度と――。

最後に、金糸銀糸で鶴の刺繍《ししゅう》が施されている、紺《こん》地袴《じばかま》を取り出してきて掛けてあげた。これは派手好みな誠志郎が欲しがっていたもので、一度は却下したものの、誕生祝いにでも贈ってあげようと思い、呉服屋から特別に取り寄せておいた物だ。

「これを穿かずに逝くなんて……」と十和はつぶやいた。

「なんという親不孝者なのか、お前は」

そう言うと、棺《ひつぎ》に納められた誠志郎の白い顔が、ふっと笑ったような気がした。

翌日の深夜、雪を取りに行っていた爺やが戻ってきた。

大八車に、かき集めた雪を山のように乗せて、上から溶けないようにたくさんの藁《わら》を被せていた。皆で手分けして、それを盥《たらい》に分けると、土蔵の四隅に置いた。これでしばらくは誠志郎の姿も持つだろうと思った。あとは、夫の帰りを待つだけだった。

その間、ぽつりぽつりと、誠志郎を殺《あや》めた少年、小太郎の事も分かってきた。

小太郎の父、谷田万蔵《まんぞう》は禄高二十石の下級武士で、主に城内の警備に携わっていた。住まいは、城下町から外れた川向こうの南村で、そこはお徒士《かち》の家がひしめく場所だった。家族は妻と子供が四人。小太郎は、その長男という事だった。

普通なら、下級武士の子なんぞが藩校になど行ける由もなかったが、たまたま賢樹館の剣術指南、粟谷五郎太が、小太郎の母方の伯父に当たるため、叶ったのだと言う。

津留見藩では、前藩主の宇月孝正《うづきたかまさ》が隠居し、まだ若い成孝《しげたか》が跡を継いでから、家臣の人材教育にも力を入れはじめ、これまでの世襲制だけではなく、能力主義をも採用するようになっていた。

そのため、後ろ盾さえあれば、下級武士の子弟でも、藩校で学べるようになっていたのだ。

小太郎は奉行所での取り調べに対し、頑として口を割らず、役人たちも困っていると言う。その場にいた学友たちの話では、藩校からの帰り道、裏路地で誠志郎たちに行き合い、難癖をつけられた小太郎が、我慢できずにとうとう刀を抜いたのだという話だった。

「けれど、相手がいくら、剣豪の伯父から剣術を習っていたとしても、うちの若様だって、相当お強かった筈なのに……。何故、こうもやすやすと斬られてしまったんですかね」

栄之進は、解せぬというように、首を傾げた。

「……」

十和はそれには答えなかった。それよりも、誠志郎が小太郎に難癖をつけていたという部分の方が気に掛かっていた。

誠志郎は年少の者に対し、そんな事をしていたのか。あれほど、学業に身を入れろと口を酸っぱくして言っていたのに……。もしかすると、この事が、今度の事件に暗い影を落とすのではないかと、十和は頓《とみ》に不安になり、知らず知らずのうちに、唇を噛んでしまうのだ。

小太郎への詮議は続いていた。

だが、当の本人が何も喋らず、その上、津留見藩始まって以来の、子供による殺生ということで、国家老《くにがろう》の金山在光様をはじめ、何人かのご家老たちも頭を悩ませているらしかった。このことは、当然、江戸の成孝公の耳にも入ったという。

小太郎は、今度の事の顚末を、自分の胸だけに仕舞っておくつもりなのか、それとも、己の罪を言い訳するのも烏滸《おこ》がましい、と思っているのか分からぬが、幼き者にしては、随分肝が据わっているものだと十和は感心していた。だが、そこが逆に癪に障りもした。

そうしているうちに、早飛脚で息子の死を知った、夫の長弼が帰って来た。昼夜を問わず馬を走らせてきたであろう夫は、供を一人だけ連れて、汗だくになりながら、長屋門に現れた。

埃まみれで疲弊しきった長弼を見た時、それまでの緊張が一気に解けたように、十和はその場にへなへなとへたり込んだ。そして、阿吽《あうん》の呼吸で夫婦は目を合わせると、一緒に土蔵へと向かった。

蔵の中で、誠志郎は眠っていた。十和が幾日も幾日も雪で冷やし、必死に守った誠志郎の姿は、いまだ呼吸を続けているかのようにも見えた。

息子の無残な姿を目の当たりにすると、突如、長弼の肩がわなわなと震え出す。

「誠志郎……」

絞り出すようにやっと一言放つと、膝をつき、棺の前に突っ伏した。

誠志郎は、子供の出来ない夫婦にとって、ようやく授かった一人息子だったのだ。


長弼が帰ってきた事で、誠志郎をやっと荼毘《だび》に付すことが出来た。

夫婦で野辺の煙を見つめながら、十和は、

「これからどうやって、生きていけばいいのだろう……」

などと呆けたように考えていた。


長らく判決が出なかった、小太郎の処分が決まった。

小太郎は、切腹。お家は取り潰し、という結果になった。裁きに時間が掛かったのは、やはり小太郎の年齢が引っ掛かったからだ。他国の例に倣って、成人になるのを待ち、島流し、などという案も出たようだが、最後は、やはり、下士の子が上士の子弟を殺害したという事が決め手となった。

下位の者が上位の者を討つなどもっての外。また、いくら幼いからとは言え、小太郎は侍の子。侍なら侍らしく、自害させるのも、武士の情けであった。

その沙汰を聞いた時、十和は、少しだけ胸のすく思いがした。

年端のゆかぬ子供ゆえ、少し気の毒に思いはしたが、それでも、誠志郎を殺した報いとしては当然だと思った。この者が死んだからと言って、心の重石が取れることは、これからも決してないだろうけれど、とりあえず、誠志郎の仇は討った気がした。

栄之進から、奉行所の報告を聞き終えると、十和は一人、土蔵の中へと入っていった。

葬儀が終わっても、十和は、日がな一日、誠志郎が安置されていたこの蔵で、過ごすことが多くなっていた。

蔵の中の、誠志郎が寝かされていた畳の上には、まだ汚れた血や汚物の跡がついていて、それらに向かって、十和は、

「やった、やったよ、誠志郎」とつぶやいた。

やがて、雑巾を取り出すと、その穢れを丁寧に拭き清めはじめた。一拭きしては泣き、二拭きしては泣き、やがてその嗚咽《おえつ》が堪え切れない程大きくなると、その場に泣

き崩れた。

使用人たちの大勢いる屋敷では、そんな姿は許されないが、土蔵の暗闇の中でだけは自由に泣くことが出来たのだ。泣き疲れて、ふと顔を上げると、天井近くにある明かり取りの窓からは、澄み渡った青空に桜の花びらが、ひらひらと舞い落ちるのが見えた。

「……」

その静謐《せいひつ》さに心奪われ、ふと小さく溜息が漏れ出るが、これから後、私の心がこのように晴れる日があるのだろうかと思った。否、おそらくないだろう。これからの私は、笑う事もなく、こんな風に悲しみだけを抱えて生きていくのだろう。

そう考えると、十和は暗澹《あんたん》たる気持ちになるのだった。

小太郎の切腹は、五日後に執り行われることになった。


その晩のことだった。

長弼が突然こんな事を言い出したのだ。

「十和、わしは、小太郎と申すあの者を、養子に迎えようと考えておるのだが、どうだろう」

それは、夕食も終え、二人でくつろいでいた時だった。

空には朧月が掛かり、今にも雨が降り出しそうな夜だった。

十和はとっさに自分の耳を疑った。夫が何を言ったのか理解出来なかったのだ。

「今、何とおっしゃいました」

「いや、だから、小太郎を我が家へ迎え入れようかと──」

「正気の沙汰ではございません！」十和は、思わず大声になった。

「なにゆえ、なにゆえ、そのような事を……。小太郎は、小太郎は、誠志郎を殺めた者ですぞ！」そう叫ぶのが精一杯だった。

「だが、これで、我が岩井家には、跡目を継ぐ者が居なくなってしまったではないか。このままだと、断絶の憂き目に遭ってしまうのだぞ」

長弼はそう言った。

十和は二の句が継げなかった。

こんな時に、失った子を悼むのではなく、お家の事しか頭にない夫の姿に、怒りを通り越して、なにやら背筋に冷たいものすら感じてしまった。

「だとしても、養子なら、親戚から迎えれば良いではないですか。叔父上の所にも、従兄弟の勝信殿の所にも、次男、三男がいた筈です。そちらから迎え入れれば──」

「だが、小太郎という者、賢樹館でも、とびぬけて秀才だというではないか」

長弼は、十和の言葉を遮った。しかも、その口調が、まるで自慢するかのようにも聞こえたので、十和はゾッとした。長弼の態度は、何やら新しい玩具を発見して、目を輝かせている幼子のようにも見えるのだ。

十和は溜息をついた。

夫はどうしても、自分の意見を通したいらしい。そういう時には、十和に勝ち目はなかった。どういう訳か、長弼は小太郎に執心しているのだ。我が子を殺した者なのに……。

十和は夫の真意を測りかねた。

「わしも悩んだのだ。息子を殺した犯人なんぞに、我が家の敷居を跨《また》がらせられるのかと」

長弼は、眉間に皺こそ寄せてはいるが、十和の目にはどこか白々しく映った。

「だが、こうなった以上、わしらも覚悟をしなければならないのだ。どこか他所から養子を貰う、とな」

十和は黙って聞いていた。

「それならば、一番優秀な子を貰い受けたいではないか」

十和の胸がズキンと疼《うず》いた。誠志郎は優秀でなかったと言うのか。

「それに――」長弼は言いにくそうに言葉を紡いだ。

「今度の事件は、誠志郎にも非があるのだしな」

それを聞いた途端、十和の心は凍りついた。

「誠志郎が、普段から、あの者たちを苛めていたのは事実だし……。誠志郎も悪かったのだよ」

「……」

「けれど、小太郎は咎人《とがにん》じゃ。罪を犯した者だ。その子を、わしらが寛大な心で許してやり、さらに跡取りにまでしてやれば、わしらの株とて上がるのじゃ。そして、それこそ人としての道、武士の鑑なのじゃ」

夫は完全に何かに酔っていた。常軌を逸していた。すぐさま止めなければと、十和が口を挟みかけると、

「お家のためだ」と長弼が十和の目を見据えて言った。

「すべてはこの家を存続させるためなのだ。分かってくれ、十和」

そう言って頭を下げた。

「……」

夫から頭を下げられれば、十和とて、もう何も言えなかった。

もしかすると長弼は、我が子を失った悲しみで、少々おかしくなってしまっていたのかもしれなかった。ねじ曲がったその頭で、息子を斬った小太郎を、あっぱれな奴とでも勘違いしてしまったのかもしれない。

だが、それよりも何よりも、夫にとっては、死んだ息子の事よりも、お家の方が大事なのだという事に、十和は心底落胆していた。

しかし、一方では、たとえ自分の子供が斬られても、相手の方が強ければ、それを讃えるのが武士の社会だという事も承知していた。

長弼は男として、自分の度量の大きさを、示そうとしているのかもしれなかった。お家のためなら、憎い敵でも、跡取りにする。お家のためなら、自分の感情はすべて押し殺す。相手が自分の子供より秀でているなら、それがお家のためなら、致し方ないと――。

一見すれば、気の狂ったように見える言動も、見方を変えればそんな風にも捉えられるのだ。

返事の出来ぬまま、十和が困惑していると、

「うっ！」

急に吐き気を催して、口を押えた。

「大丈夫か」と長弼が声を掛けるが、どうしようもない胸のえずきが、後から後から湧いてくる。油汗を掻きながら、うずくまっていると、十和は自分が、漆黒の渦の中に引きずり込まれていくような気がしてならなかった。

第二章　赤い糸

五日後——。

粟谷家の屋敷では、切腹の準備が粛々となされていた。

筵《むしろ》を敷いた庭には、四方に幕が張られ、中央には罪人が座る敷物があり、その前には白木の三方が据えられ、短刀が置かれていた。切腹人の向かい側には、奉行所から遣わされた検使が座る床几《しょうぎ》も用意されていた。

入口付近の筵には、小太郎の両親とまだ幼い弟妹が座っている。母親のセキはまだ三十半ばだが、ここ一月で幾重にも年を取ったようだ。急激に増えた白髪を染めもせず、始終うつむいている。だが、涙は見せまいと気丈に耐えていた。

昼四ツになると、検使が二人入ってきて床几に座った。

その場に一気に緊張が走った。

やがて、白装束に身を包んだ小太郎が入ってきた。

髪をきちんと整え、キリリとした表情。これから死にゆくことに、一点の曇りもないようだった。黙って両親に礼をすると、真ん中の敷物に座った。介錯人は、伯父の五郎太。幼い頃より剣術の稽古をつけ、甥とも弟子ともつかずに可愛がってきたが、今日、自らの手で討ち取らねばならないとは、どのような心境であっただろうか。けれど、その百戦錬磨の深い皺の入った強面には、何の表情も浮かんではいなかった。

皆が持ち場に付くと、検使の役人がうなずいた。それを合図に、小太郎が短刀を腹に当て、目をつぶると、五郎太が剣を構えた。

セキは頭《こうべ》を深く垂れ、手を合わせる。

一瞬の静寂が訪れたのち、五郎太が刀を振り上げた途端、「あいや、待たれよ、待たれ！」と大音声がして、長弼が幕の外から息せき切ってきた。後ろには十和も続いている。

一同騒然となった。

役人の一人が、「何事だ」と言うが、もう一人が「これは、これは、岩井様、一体どのような御用でございますか」と声をかけた。長弼が藩の重鎮であることに気づいたのだ。

皆、驚いて慌てて頭を下げた。特に小太郎の両親にとって、長弼たちは、我が子が殺めた犠牲者の父母なのだ。可哀想なくらい震えていた。

「城代家老の金山様にも、許可を得てここへ参っておる」と言いながら、長弼は、万蔵、セキ夫婦の下へ近づいた。

二人は、「ははっ」と平伏している。

長弼は夫婦の前に跪《ひざまず》くと、

「間に合って良かった。実はここへ来たのは、小太郎をわしらの養子に迎えたいと思ったからなのだ」と言った。谷田家の夫婦は、仰天した。万蔵は「へっ？」と素っ頓狂な声を出し、何が起きたのかよく分からないようだった。

「し、しかし、ウチの倅《せがれ》は、お宅様のご子息を殺めた身。ご冗談にも程があります」

「それは承知しておる。だが、今回の件は、我が家の息子の苛めが原因だと言うではないか。小太郎は仕方なく刀を抜いたのだと」

万蔵とセキは、信じられないという表情になった。

「もしそうなら、小太郎には気の毒な事をした。わしから謝る。許してくれ」

と頭を下げた長弼に、夫婦はさらに目を丸くしている。

「だが、聞けば小太郎は、賢樹館始まって以来の秀才と言われているそうだな。学頭の覚えめでたいと言う。まして剣術の腕はこちらの粟谷殿から、直々に教わっているということで折紙付だ。そのような有能な者を切腹させるには、あまりにも惜しいのだ。ひいてはそれは藩の損失でもある」

「し、しかし……」

「どうだろう。わしらの子として育てさせては貰えんだろうか」

「有難いお言葉ですが……」

突然の申し出に、万蔵はまだ動揺を隠せないでいた。下手すると、これは夢ではないか、と思っているような顔つきだった。隣にいたセキが、何か言いそうになった時、

「岩井殿、本気ですか」と五郎太が先に口を開いた。

「もちろん、本気ですとも。ほれ、この通り、江戸の殿様まで急ぎ使いをやり、承諾も得ております」

長弼は、書面を広げて見せた。そこには、江戸屋敷にいる藩主成孝から、小太郎の切腹を今すぐ取りやめ、谷田家の存続を許可するという旨が、押印と共に書かれてあった。そして、小太郎を岩井家の養子にすることも。

その場にいた者たちは、全員驚きの声を上げげた。

これを得るために、長弼は城代家老に何度も頭を下げて頼み込み、藩主の許可を得

るため早馬を走らせて、やきもきしながら返事を待っていたのだ。

それを見ると、万蔵夫婦はやっと緊張が解け、一気に身体から力が抜けたようだった。二人にとってもこの話は渡りに船だった。小太郎の命も助かるし、自分たちはこの地に残る事が出来るのだ。こんな喜ばしい事はなかった。

だが、セキは大切な事を忘れてはいなかった。十和に向き合うと、

「奥様はどのようにお考えでしょうか。ご子息を殺めたウチの息子を、奥様は受け入れる事ができるのでしょうか」

その直截な言葉に、十和は心臓をえぐられたような気がした。心のうちをセキに見透かされた気がした。そうして、細かく震える手の指をぎゅっと握りながら、

「ご心配でしょうが、私も夫と同じく、小太郎殿を我が子のように育てるつもりです」

と言った。

しかし、ちょっと注意深い者がいれば、十和の心情を十分察しただろう。何故なら、十和はついぞ、セキと視線を合わせる事がなかったからだ。

セキもそれに気づいてはいたが、何も言わなかった。同じ母として、気持ちは痛いほど分かるからだ。

十和の言葉に、一同、ほっと胸を撫で下ろした。そして、そこまで決意が固いのならと、安堵したのだ。

こうして小太郎は、誠志郎殺害の罪を免除され、岩井家の養子になる事が決まった。

この話はすぐに人々の口の端に上り、津留見城下に広まっていった。

「さすが岩井の旦那様は、ご立派だね」

「いやはや、なかなか出来るもんじゃないよ。ご自分の子を殺した相手を養子にだなんて」

「やっぱり代々家老職を勤める家柄だけはあるね」

などと美談として噂されるようになったのだ。

しかし、そんな世間の評価など、十和に何の関係があっただろうか。

誠志郎が亡くなってからというもの、十和の世界の刻はすべて止まってしまったのだ。

相変わらず十和は、土蔵に籠る日々を過ごしていた。

物事は万事つつがなく、十和だけをのけ者にして、流れていくようだった。

小太郎が来るというので、十和は長弼に言われて、誠志郎の部屋を片付けた。誠志郎が使っていた道具や持ち物、勉強に使っていた経書のたぐいもすべて納戸へと移動させた。

ガランとした部屋を見た時、ああ、ここにはもう誠志郎はいないのだなあと、十和は実感した。息子の生きた痕跡までも根こそぎ奪おうとする夫に、怒りを覚えると同時に、自分の運命をそっくり変えた、小太郎という子供にも畏怖と憤怒を抱くのであった。

しかし、そんな思いが湧き上がると、十和は慌てて首を横に振って打ち消した。いけない！　そんな事を考えては……。小太郎は、これからこの岩井家で預かる大切な跡取りだ。なんとか愛さねば……。なんとか受け入れていかねば……。

だが、そう決意すればするほど、十和の心は虚しくなった。

この日は、納戸に仕舞い切れなかった誠志郎の着物を、蔵の長持に片付けにきていた。

一つひとつを丁寧に畳みながら、「あ、これは、袴着の儀の時に一度しか着なかったもの」とか、「この胴着は擦り切れるまで着たわね。毎日遅くまで練習して、よく綻びを縫ってあげたわ」などと思い出が甦り、その都度、涙が込み上げてきた。

十和は、そんなめそめそとした自分を叱りつけた。

ああ、駄目だ、駄目だわ。こんなに泣いてばかりでは。これから小太郎を迎え入れなければならないというのに……。

けれど、一体あの者と、どんな顔で接すればよいのだろうか。

あの者を見て、私は果たして平静でいられるのだろうか。

そう思うと、十和は気が重くなってくるのだ。


誠志郎の四十九日が終わると、小太郎が伯父の五郎太に連れられてやってきた。

初めて表玄関に現れた小太郎の事を、十和は、後々まではっきりと覚えていた。

何度も洗濯したであろう、洗いざらしのくすんだ羽織袴を着て、ふっくらとした頬を染め、所在なげに立っていた。大男の五郎太が側にいるので、改めて見ると、その小ささが一層浮き立ち、十和はこんな子が、よくもまあ、六尺近い美丈夫だった誠志郎を、一撃で切り捨てたものだと内心呆れた。

一体、どんな手立てを使って、この子は、誠志郎を殺したのだろうか……。そう考えると、十和の胸の奥が、ズキッ！　と痛んだ。

当の小太郎は、緊張しているのか、伏し目がちで、その顔からは何を考えているのか窺い知れない。この子は、自分が犯した罪を、実のところ、どう考えているのか。

十和は、小太郎の無表情を少し薄気味悪く感じていた。


栗谷家でのあの日、小太郎の切腹を止めるべく、「小太郎を大事にします」とは言ったが、当然のことながら、あれは本心ではなかった。長弼に協力すべく言わされた感が否めなかったのだ。だからこそ、突如つきつけられた、小太郎の母セキからの問いが堪《こた》えた。

「あの女……」

十和は時々、あの時の事を思い出すと、腸が煮えくり返る思いがした。

セキは、お徒士の女房の分際で、家老の妻である私に対し、「息子を殺めた者を自分の子として育てられるのか」という難題を投げかけたのだ。さも、そんな事は出来っこない、出来る訳がないだろう、というような調子で。

十和が一番、言われたくない、聞きたくもない、誠志郎を失った辛い気持ちを、あやつは、易々と言ってのけたのだ！

誠志郎の事などどうでもいい、我が子の命だけが大切だというように。

あの時の屈辱感は、日を追うごとに増してゆき、今では押し広がった傷口から、真っ黒な血がどろどろと吹きこぼれる状態だった。それなのに、私はあの場で、心にもない事を言わなければならなかったのだ。出来れば顔も見たくもない、見る自信もない、ましてや会いたくもないこの子を、引き取るなどという事を約束させられたのだ。しかも〝我が子のように育てる〟などという唾棄すべき言葉とともに。

「……」

あの日の出来事を、十和がどれほど後悔したことか、どれほど自分を責めたことか。誠志郎の思い出がまだあちこちに詰まっているこの屋敷に、小太郎を迎え入れなければならないことを、どれほど申し訳なく思ったかなど、我とわが身を恥じていた。

そう、十和は、無力な自分に失望していたのだ。


けれど、十和とて、武士の妻であった。そのような感情はかなぐり捨てて、小太郎を受け入れようとも思っていた。親切にしてやろうと。優しくしようとも。そして、立派に育て上げようと――。

だが、実際に目の前にすると、そんな気持ちはどこかへ吹っ飛んでいき、ただ、ただ、困惑と後悔と恐れと、そんな相容れない思いだけが湧き起こってきた。

やはり、安易に引き受けるのではなかった。

十和は、今更ながら胸が潰れる思いがした。


客間に通された小太郎と五郎太の下に、しばらくすると、長弼が現れた。

平伏する二人に、長弼は、「よい、よい」と顔を上げるように促し、小太郎を見ると笑顔になった。

「よく来たな、小太郎」うなずきながら、

「今日からわしを父と呼び、この十和を本当の母と思い、慕うように」

そう言いながら、ちょうどお茶を運んできた十和の方を見た。

小太郎はその言葉を神妙に聞いていたが、一度も顔を上げなかった。いや、上げられなかったと言うのが正解か。どうやら、畏れ多いと感じているようだ。

「この小太郎、及ばずながら、誠心誠意努めさせていただきます」

小さな声で、そう言うのが精一杯のようだった。

一通りの挨拶が終わると、伯父の五郎太が帰る段になった。

「それでは小太郎、達者でな。新しい父上、母上によく尽くすのじゃぞ」

その時、小太郎の顔が初めて動いた。それは、少し不安気で、頼りなく、まるっきり幼子の表情だった。そこには、武士の子も何もなく、ただの十歳の素顔が覗いていた。

「賢樹館でまた会おう」

そう言って、五郎太は帰って行った。


その夜。

ささやかな宴が、小太郎のために用意された。

床の間を背に長弼が座り、十和と小太郎が向かいあった。広々とした客間の四隅に燭台が灯されたが、明かりは十分ではなく、薄暗い中、食膳を囲んだ。

先に、小太郎には、好き嫌いを尋ねていたが、もじもじするばかりで何も言わないので、十和は適当に女中らに指示をした。

鯛の尾頭《おかしら》に、山菜の入ったすまし汁、椎茸や芋や牛蒡《ごぼう》の煮物、なますに香の物、食後には桜餅まで出る豪華な食事だったが、普段なら滅多に食べられないご馳走も、始終うつむき加減の小太郎には喉を通らないようだった。

緊張をほぐそうと長弼が、小太郎に向かって、「何が好きか？」「釣りは好きか？」「川エビ釣り？」「わしも子供の頃、よく罠を仕掛けたな」「今度一緒に行こう」などと、時にはワハハと、大げさな笑い声まで立てて話し掛けていたが、小太郎の方は、か細い声で返事をするだけだった。

夫の態度は嘘くさく、無理をしているのが見え見えだったが、そういう十和自身も、早く小太郎が慣れてくれるようにと、絶えずにこにこと微笑んでいた。しかし、無理をしていたからか、口角を上げる度に、首筋にぞわぞわと鳥肌が立ってしまった。

ふいに、小太郎が、「旦那様」と長弼を呼んだ。いくら今日から両親だと言っても無理があったのだろう。それは自然に口をついた言葉だったが、

「父上だ」と長弼は厳しく訂正した。

すると、小太郎は青くなり、「父上様」と言い直した。

長弼は満足そうにうなずくと、今度は十和を見て、

「そして、こちらが、〝母上〟じゃ」と言った。

小太郎は十和の方に向くと、かしこまりながら、「母上様」と頭を下げた。

その瞬間、十和の全身に強烈な悪寒が走った。そして、「私はあなたの母ではない！」と口に出そうになるのをぐっと堪えた。

「そうだ、お前の名前も変えなければならないな」

少しの間があってから、長弼がそんな事を言い出した。

「岩井家の息子は、誠志郎だけだった。だから、この名をお前に継がせたい。のう、どうだろう十和。小太郎に誠志郎と名乗らせるのは」

それを聞いた途端、それまで笑っていた十和の顔から血の気が引いて、

「誠志郎は、ただ一人です！」

思わず仁王立ちになり、叫んでいた。

「誠志郎を亡き者にするおつもりですかッ！」

十和には夫の真意が分からなかった。ここまで、愚かな人だとは思っていなかった。

小太郎に誠志郎と名乗らせたいだと！　まるで首のすげ替えみたいに、簡単に変えるのかッ！

長弼には、名前を変えるという事の重大さが、ちっとも分かっていなかった。

それは、誠志郎を再び殺すという事なのだ。誠志郎の存在を、最初っから無かったことにする事だ。

そして、同時にそれは、小太郎自身の人格をも失くすことだった。小太郎に対し、別人になれと言っているようなものなのだから。小太郎が誠志郎になれるのか？　同

じ着物を着て、同じ食事をして、同じ屋敷に住み、同じように行動したからと言って、なれる訳もない。

そんな事、どうしたって無茶ではないか！

十和にとって改名は、二人の存在を消し去る事。到底許される事ではなかった。

長弼は、妻の剣幕に意見する事も出来ずに、ぽかんと口を開けてみているだけだった。夫の間抜け面を、十和は興奮しながら、いつまでも睨みつけていた。

気づくと、小太郎は今までより、更に小さくなって縮みあがっている。

「あ……！」と気づいて、十和は慌てて床に座り直すと、再び笑みを作った。

けれども、トゲトゲしい空気がすぐに消える筈もなく、剣呑な雰囲気で、歓迎の宴はお開きになってしまった。


あれほど険悪な様子で別れたのに、そのあと長弼は仏壇の前に座っていた。

それは十和が寝所へ向かう際に、仏間の明かりが漏れているのに気がついて、襖をそっと開けた時のことだ。

長弼は静かに、誠志郎の位牌に向かって手を合わせていた。その背は丸まって、急速に老け込んだように見えた。夫は身体を前後に揺らしながら、何事か仏壇に向かって語り掛けていた。時折、甲高くなる声が泣いているようにも聞こえた。

その姿を見ながら、誠志郎が亡くなって以来、この件について、いつも十和に反論を許さず、口封じばかりしていた長弼が実は、息子の死を悼んでいる……という事を知り、十和は虚を衝《つ》かれた。本当は夫も、息子の死を誰よりも哀しんでいるのだ。

「小太郎を養子に」などと突拍子もない事を言い出してから、十和は夫の気持ちが分からなくなっていたが、今、仏壇に向かって手を合わせている姿は、それがすべて苦渋の決断だった事を物語っていた。

しばし、夫の背を見つめていた十和は、静かに襖を閉めた。

翌日、長弼は残りの勤めを果たすため、江戸へと旅立って行った。

長弼が居なくなると、十和は小太郎と二人、広い屋敷に取り残されてしまった。この子とどう向き合えばいいのか、不安だけが募るのだった。

とりあえず十和は、女中頭の清を呼び、小太郎の世話を任せることにした。清は、御家人の寡婦で子供はいなかった。夫亡き後、実家に戻っていたところを、身元がはっきりしているという事で、この屋敷へ来てもらったのだ。

十和は、清に、小太郎は甘やかさず、何でも一人でやらせるようにと言い付けた。慣れないからと言って、人に頼るようでは、いつまで経っても独り立ち出来ないと考えたからだ。

最後に、「小太郎は、岩井家の嫡男です。万事、粗相のないように」と伝えたが、そこには少し皮肉を籠めていた。

しかし、そんな事を知ってか知らずか、清は、「はい」とだけ返事をして、頭を下げた。

十和は、小太郎を自室へ呼ぶと、この屋敷の規則を教えた。

食事は、台所の横の居間で摂ること。仏間から奥にある部屋へは入らないこと。あんな事があったばかりなので、賢樹館は当分の間、休むこと。その間、勉学だけは続けること。その際、近くの住職に来てもらうので、その方から教わること。剣術の稽古は栄之進を相手にすることなど。それから、

「お前の世話は、この女中の清が面倒をみてくれます」と言った。

小太郎は、十和が話している間も、表情が動くことはなかった。

この子は、なぜに、こうも平然としていられるのだ、誠志郎を殺したというのに……。そう思うと、十和はなんだか苛立ちを覚えるのだ。

清を下がらせ、小太郎を前にすると、何とも言えず、不快な匂いが鼻についた。十和は思わず顔をしかめた。

この臭《にお》いは何なんだ。着ている衣に染みついた垢《あか》なのか、それともかの貧しき家の生活の匂いなのか……。昨日、この家へ来たときから気になっていたが、近くに来ると余計臭った。

いつしか、十和の中に、一つの光景が浮かび上がってきた。

あれはまだ私が物心つくかつかないかの頃。母に連れられて、領内の病人のいる家へ薬を届けに行ったことがあった。朽ち果てたあばら家からは、何か湿ったような、腐ったような、饐《す》えた臭いが漂ってきた。それは、雨の日には、竈《かまど》の煙にいぶされて、より強い悪臭を放っていた。

母は、そんな中でも嫌な顔一つ見せずに、よくこう言ったものだ。

「十和、人には親切にね」

十和は目をつぶった。

私は、母の教えを忠実に守ってこれまで生きて来た。

それならば、やはりこの子には、慈悲の心で接しなければならないだろう。

けれど、十和には、小太郎がこの家に入る前に、どうしてもやっておかなければならない事があった。それは世間からは鬼と批判されても、やり遂げなければならなかった。

十和は目を開けた。

「……」

そして、弱々しく笑顔を作ると、意を決して小太郎に近づき、左手を摑んだ。

小太郎は、「あっ」と小さく声を出すが、十和は構わず、ぷくぷくとした、小さな掌の親指をまじまじと見つめた。

この指が、あの日、誠志郎を討った刀の鯉口《こいくち》を切ったのだ……。

そう思うと、十和の目が憎しみで光った。用意していた赤い糸を取り出すと、小太郎の親指にぐるぐると巻き付けはじめた。

「痛い」

柔らかい指の第一関節に糸が食い込み、声を上げる小太郎だが、十和は容赦なく、ぎりぎりと締め上げる。こうすると、親指は使えず刀の鍔《つば》を動かす事が出来ない。

「うう……」小太郎は涙を堪えている。

十和は小太郎を見据えた。

「よいか！　お前はもう、二度と刀を抜いてはなりません。もう二度と」

半ベソをかきながらも、小さくうなずく小太郎。

「これは、私から、お前への戒めです。私がいいと言うまで、絶対に外さないように」

そう言って、十和は口で糸を引きちぎった。糸が擦れたのか、唇からスーッと一筋血がにじみ出て、真っ白い顎に薄く浮かび上がった。それを見て、小太郎は恐ろしくなり、じんじんと痛む親指の事も忘れてひれ伏した。

それを見ると、十和は満足そうに笑った。

そして、「清ーッ！　清ーッ！」と呼ぶと、

「悪いが、急ぎ風呂を沸かし、小太郎を入れてくれないか」と頼んだ。

「どうにも、匂いがきついのだ」

そう言われて、清も小太郎の身体を嗅いでみるが、「何も感じませんが」と不思議そうにこちらを見やる。

ええい、お前は鼻が悪いのか。これほど匂っておるのに、と思うが、どうやら小太郎から発せられる臭いは、自分にしか感じられないようだった。

「奥様、これが匂うのでしょうか」

小太郎が風呂に入っている間、清が風呂敷包みを持ってきた。

それは小太郎が持参したものだが、解くと、中から質素な下着や着物が出てきた。

ただし、下着だけは真新しかった。おそらく母親のセキが、急ぎ拵《こしら》えて持たせたのだろう。十和はそれを見ると、思わずカッと頭に血が上った。下着を縫うセキの姿を想像しただけで、何か熱い思いが突き上げてくるようだった。

セキには悪いが、セキは小太郎を産んだ母親なのだ。決して罪がないとは言い切れなかった。

「……」

十和は一瞥《いちべつ》すると、清にそれを薪にくべるよう言い付けた。

これらの物は、岩井家には相応しくないから、と。

十和は、谷田家の物は何一つ、この屋敷に持ち込ませたくはなかった。

今や小太郎は、岩井家のものだから。

清は、「はい」と言って、風呂釜にくべた。着ていた着物や履いて来た草履までも集めて、風呂釜に投げ入れた。

それを見つめながら、十和は言った。

「あの子には、もっと上等な物を着せてあげましょう。清、手伝って」

そうして、清に大急ぎで、小太郎の着物と下着を縫うように命じるのだ。

風呂から上がった小太郎に、とりあえず十和は、誠志郎が着ていた衣を用意した。下履きなどは新しい物を、着物は大きかったので、急ぎ肩上げをした。

清と二人で両側から縫っている間、小太郎はじっと立っていた。

これまでの薄汚れた物と違って、折り目のついた小袖や袴を身に付けると、小太郎は見違えるようになった。

ところが、いくら洗っても、小太郎の体からは、臭いが消えることはなかった。

これはもう、自分にしか感じられない、特別な臭いだと十和は察した。自分の鼻がおかしくなったのかとも思ったが、この臭いの元は何なのかと考えた。汗とも垢とも違う。ましてや実家の匂いでもなく、何か小動物めいた、脂がこもったような臭い、小太郎だけが持つ、肉体に沁《し》み込んだ元々の体質のような臭いだった。

それが十和を不快にさせるのだ。

その日から、岩井の屋敷には、香を焚《た》く煙が立ち籠めるようになった。

第三章　氷の家

　小太郎が、岩井家に来てから、十日ほどが経った。

　岩井家は、津留見藩の外堀内にあり、そこは上級武士の屋敷が立ち並ぶ場所でもあった。

　津留見藩は、もともと遠くの美根山から流れ出る、大久間川が二つの支流に分かれて出来た三角州の町だった。二ツ木川と立瀬川と呼ばれる支流には、たくさんの橋が架けられ周辺の村々と繋がるようになっていた。三角州の先端には、小さな島が出来ていて、天鐘山という釣鐘を逆さにしたような形の山があった。その山の麓に美しい天守閣を戴いた津留見城が建てられていた。

　三方を海に囲まれていたため、津留見城は容易《たやす》く敵に攻め込まれないような形になっており、いわば、自然に守られた要塞となっていた。さらに天鐘山の頂上にも山城が築かれ、海からの攻撃にも目を光らせることが出来た。

岩井家は、城に至るまでに続く有明浜と、中堀、外堀の間にある城下町の一画にあった。町の中央には、内堀の二の丸南門から、外堀の総門まで、幅広な御成道《おなりみち》が延びていて、藩主の行列が通る度、見物人で道が埋まるほどだが、岩井家は、すぐ後ろに有明浜があるせいか、静かで、波の音が時折、聞こえるくらいだった。

小太郎の部屋は、西側の塀に面していて、毎朝、陽が昇る頃には、近くにある井戸を使う水の音で目が覚めた。そのうちに、台所の竈からはパチパチという木の爆《は》ぜる音がして、米の炊けるいい匂いが漂ってくる。その頃にはすっかり目が覚めているが、起き出していいものか分からずに、布団の中でじっとしていた。やがて、廊下から清が声をかけるので、小太郎はようやく起きて、身支度を済ますのだ。

身支度が整うと、すぐに小太郎は十和の部屋へ向かった。朝な夕なに挨拶をするのだが、最近では、その障子が開けられることはなくなった。

覚悟していたとは言え、小太郎は寂しく思った。

食事は台所の横にある、だだっ広い居間で摂った。

小太郎が行くと、いつも一膳だけが用意されている。そこに座って一人で食べるのだ。黙々と。ただひたすら。

もちろん、この家に来た当初は、十和と共に食事を摂っていた。だが、十和はぎこちない笑みを浮かべるだけで会話が続かない。しかも、その目は笑ってはおらず、小太郎はいつも緊張して、食事も上手く飲み込めなかった。そんな小太郎に愛想をつかしたのか、そのうち十和は、食事の席に出て来なくなった。

それ以来、小太郎は毎日一人で食事をした。質の良い下ろしたての着物を着せてもらいながら、また、目の前には、食べきれない程のご馳走が並んでいながらも、味気ない思いをしていた。

実家は、三角州の外れ、灯明橋を渡った対岸にあった。その辺りは、下士の住む地域で、小太郎の家も、古びた小さな家屋だったが、皆で賑やかに食卓を囲んでいた。母の用意してくれた手作りのお新香に黒い飯。具のない薄い味噌汁。けれど、うまかった。

皆でかちゃかちゃと箸を使う音。まだ幼い弟妹たち、壮太、佐江、日奈の汁を啜る音。こら、と時折飛ぶ母の叱り声や湯気の上る台所のぬくもり。そんな物が混然一体となり、朝の光とともに輝いていた。

父の顔、母の顔。みんなの笑顔が、脳裏に浮かんだ。

「母上」

思わず、小太郎の口からそんな言葉が漏れた。それは、決して、今度の新しい母の事を指した訳ではなかった。


小太郎が来てからというもの、十和は自室に籠りっきりで、小太郎の衣服を縫っていた。小太郎が持参したものは、すべて薪にくべてしまったので、清にも手伝ってもらいながら、替えの衣服を仕上げるために、毎日忙しく手を動かしていた。

そして、この時だけは、十和は誠志郎の事を忘れられた。


その日も十和は、小太郎の肌着を縫っていた。真新しい木綿で、確か数年前に殿様から頂いた賜り物だった。本来なら下着など作るには勿体なかったが、今回は急だったために、手近にあるものを使ったのだ。

最後の仕上げに糸を切ると、十和は、終わったと思った。ここ数日根を詰めていたから、疲れが一気に出てくるようだった。

だが、終わった後に、なんだか釈然としない思いが、ふつふつと胸の奥から湧き起こってきた。

なぜ私が、小太郎の肌着を縫わなければならないのだろう。息子でもないのに？　息子にも作ってあげた事のない、上等の木綿を使って……？

そう考えると、十和はなんだかムカムカッとして、作ったばかりの肌着を丸めて、床に投げつけた。

くしゃくしゃになった下着を見て、十和はようやく我に返った。そうして、自分がやった事に対し、驚きを隠せなかった。

自分がこんなにも激しい人間だったなんて……。

冷や汗を掻《か》く思いがした。

翌日、清は、十和から下着を渡された。

「これを小太郎に着せるように」と。

見ると、丁寧に縫われた肌着で、一目で上等な木綿を使っていると分かった。

正直なところ清は、小太郎を目の前にして、十和がどう出るのかと心配だった。一人息子を殺された母親の心情は、察しても余りあるほどだったからだ。

しかし、まっすぐで正確な縫い目に、十和の気持ちが表れていて、

「さすが、奥様。生《な》さぬ仲の小太郎様をも受け入れようとしていらっしゃるのだわ」

と感じた。それでこそ、武家の妻だと、清は畏敬の念まで抱くのだ。

早速、清は、十和から渡された肌着を、朝の身支度の際に小太郎に見せた。

「奥様が手ずから、坊ちゃまのために、縫って下すったのですよ」と言いながら、清は手早く着せていった。

「奥様は、ああ見えて、お優しい方ですからね」

しかし、小太郎は黙っていた。

今朝に限らず、清は、小太郎があまり喋らない事が気がかりだった。小太郎の表情はいつも暗く、誰とも視線を合わさずに、下を向いていることがほとんどだった。

無理もない、あんな事件を起こした上に、一度は死を覚悟したのだもの。そして、どういう運命のいたずらか、死んだ子供の代わりに、この屋敷に連れて来られたのだから。

それは萎縮するだろうと清は慮《おもんぱか》っていた。

ところが、その小太郎が、「痛ッ」と声を上げたのだ。驚いて見ると、肌着に針が刺さっており、それが小太郎の肌を傷つけているではないか。「まあ、大変」と清は慌てて、針を抜いた。その間も、小太郎は声も上げずにじっと我慢している。

あたかも「これは自分への罰なのだ。仕方がないのだ」と自らに言い聞かせているように。そんな小太郎を横目で見ながら、清は考えた。

「なぜ、こんな所に縫い針が……。奥様は確かめなかったのかしら」

というのも、十和は裁縫の名手であり、普段こんな間違いをすることが滅多になかったからだ。ふと、ある疑念が清の中で頭をもたげた。

これは本当に間違いなのかしら。もしかして、わざとだとしたら……？

しかし、清は、すぐにそれを打ち消した。

清にとって、雇い主への不審などあってはならない事だった。


ある日のこと。

自室で庭の梅の木を眺めていた十和は、清を呼んだ。今年は豊作なのか、梅の実は一際たわわになっていた。清が来ると、例年通り庭の梅の実を取って、梅干しを漬けておくれと言い付けた。

「あ、そうそう。小太郎は今年が初めてだろうから、一つ取って食べさせるといいわ」

「えっ」

その言葉を聞くと、清は驚いた。青梅は毒があるのでそのまま食べることはできない。その事を奥様が知らないはずはなかった。毎年漬けているのだから。それなのに、小太郎様に食べさせよとは……。清が困惑していると、

「小太郎にも、我が家の梅の味を、味わわせてやるがよい。どんなものかを」

と言うので、黙って引き下がるしかなかった。

奥様にはああ言われたけれど……。

井戸の前で、清は一人悩んでいた。

目の前の盥には、水にプカプカ浮かぶ、ふっくらとした若草色の青梅がひしめき合っていた。

「……」

青梅を前に、まだ迷っている清。

そこへ小太郎が通りかかった。栄之進と剣術の稽古をした後、水を飲もうと井戸にやって来たのだ。

「あ、美味しそう」と青梅を見て言うので、慌てて清は少し色のついたものを差し出した。実を取る時に、一つだけ黄みがかったものを入れておいたのだ。これならば、十和の命に背いたとは言えまい。

しかし、口に入れた瞬間、小太郎はすぐにペッと吐き出した。

まだ、渋かったようで、顔をしかめている。

小太郎が自ら吐き出したので、清はホッとした。

「坊ちゃま、お行儀が悪うございますよ」

そう嬉しそうに言うのだ。


それから数日経った頃。

出入りの魚屋、七平《しちへい》が、奥様に頼まれたと言って、フグを持って来た。

清は驚いた。フグは猛毒があるので、武家では食べない。こんな事で命を落とすのは、武士としての面目がたたないからだ。

だが、七平は、「へい、こちらのお宅にも〝福〟が来たと言うことで、お祝いをしたいとの事でした」と気にも留めない様子だった。

そう言われれば清も黙るしかなかったが、十和の真意を測りかねた。

「毒はないでしょうね」疑心暗鬼に駆られて、清がそう言うと、

「いやだなあ、お清さん。この七平、何年この商売やってると思っているんですか。毒のある中身は全部取ってありますって」そう言って笑った。

仕方なく、清は、その晩、調理して夕餉《ゆうげ》に出した。

しかし、小太郎が煮付けに手を伸ばそうとした途端、「あ、坊ちゃま」と言いながら、足をもつれさせ、わざと平鉢をひっくり返した。

驚く小太郎に、「申し訳ございません。蠅《はえ》が止まっておりましたので」と清は平謝りした。

しかしながら、清は、最近の十和の言動に戸惑っていた。まるで、新しい坊ちゃんを殺せと言わんばかりではないかと。

確かに、小太郎様は誠志郎様を殺めた憎きお方。しかし、一旦は養子として迎え入れたのなら、きちんとお育てするのが奥様のお役目なのに……。

清には子供がなかったが、よしんば罪を犯したとしても、この幼い罪人を憎む気にはなれなかった。それがたとえ前の主人の誠志郎様を斬った方だとしても――。

何故なら、身体も大きかった誠志郎に比べ、小太郎はあまりにもいたいけで、頼りなげに感じられたのだ。しばらく接しただけでも、この子が優しくて素直だという事が分かるのだ。

いつしか清は、小太郎に深い愛情を持ちはじめていた。十和の言い付けからではなく、この無垢《むく》な魂を大切にお守りしたい、という感情が強くなっていたのだ。

一方、十和の方はと言うと、小太郎が来て以来、気分がすぐれず部屋へ閉じ籠ることが多くなっていた。しばらくは、小太郎の衣服を縫うことに寝食を忘れて没頭していたが、それも終わると、何もすることがなくなってしまった。

否、本来なら、家の采配を振るのは、自分の役目であった。これまでのように、朝起きて、食事の献立やその日の用事を細々と使用人たちに伝え、合間に来客の応対から他家との付き合いまで、一切合切決めるのが自分の仕事であった。だが、今はどうにもその気力が湧いてこないのだ。

小太郎が来てから、何か異物が屋敷に潜り込んだようで、十和は自室を出るのもままならなかった。もしうっかり部屋を出て、あの者と鉢合わせしたら、どうするのか。どんな顔をして、どう接すればよいのか……。そう考えると恐ろしかった。

第一、あの者の気配を感じるだけでも虫唾《むしず》が走った。もちろん、会いたくもないし、声も聞きたくなかった。あの者の臭いも不快で、吐き気を催し、食事だって喉を通らない。出来れば排除したいのだが、そういう訳にもいかなかった。慣れるしかないのだろうが、今の自分にそれを強要することは酷だった。

初めのうちは十和とて、小太郎に気を遣って笑顔を作り、食事の際にも言葉掛けなどしていたのだが、小太郎は身を固くして、下を向くばかり……。朝夕の挨拶にしても、障子を開けても、ついぞ視線を合わせることがなかった。

だんだん、馬鹿馬鹿しくなり、十和は、小太郎が来ても、障子を開けなくなってしまった。あとは万事、清が取り計らってくれるだろうし、食事の席にも、わざわざ自分が顔を出すこともないだろうと思っていた。

そして、日がな一日、仏間で手を合わせ、なぜ誠志郎が死ななければならなかったのかと自問自答するのだ。


十和が思い出すのは、どうしても亡くなったあの日の出来事だった。

その頃の誠志郎は何事にもやる気がなく、賢樹館も休みがちだった。亡くなる半年前にどうにか小学を終え、大学に入ったばかりだった。

津留見藩は、若い当主に代替りしてから、藩校を有能な人材登用の場と位置付けるようになった。大学の優秀者には、家柄や身分に関係なく、役職への道が開かれるようになったのだ。だが、反対に、実力が及ばない者は容赦なく、「怠学」となり、更に、自ら研鑽せざる者には、「排斥」が待っていた。「排斥」になり、それでも改心しない場合には、「退館」を命ぜられることもあった。そうなると、将来の役職への道が閉ざされてしまう。それは家老職の子弟であろうとも例外ではなかった。

「それなのに……」と十和は臍《ほぞ》を噛んだ。

誠志郎は、前にも増して、勉強をしなくなったのだ。

藩校である賢樹館では、八歳になると、まず小学に入る。そこでみっちり、素読、手習い、音読、講談などを習った。そして、毎月のように習読の考査があり、年に四回行われる試験では、成績上位者だけが進級していく。なので、年少者が年長者を追い越していくという現象も度々起きていた。もちろん勉学だけでなく、武道や馬術、水練の授業なども並行して行われた。武家の子弟にとって、文武両道は基本であった。

しかし、元々暗記が苦手なのか、誠志郎の成績はふるわず、それが十和の頭痛の種だった。

十五歳になると、大学へ進学するが、皆が皆、上がれる訳ではなく、大学の年になっても、試験に落ちて、いまだ小学に在籍する者もいた。誠志郎は、なんとか、ぎりぎりで進級することができたが、母親としては、結果が出るまでは身の縮む思いだった。

そして、大学に上がると、なお一層の努力が求められた。年四回の試験に加え、五段階による厳しい評価、専門科目や自らの考えを討論する会読なども行われる。それが最長三期、九年にも及ぶのだ。

しかし、ここで藩主の目に留まれば、お側に呼ばれ、江戸遊学などの恩恵にも預かれるのだが、誠志郎は大学に入ると、ますます勉強をせずに藩校をサボるようになっていった。

十和が何度口酸っぱく言っても、一向に改まらない。十和は、誠志郎が一体何を考えているのか分からず、ヤキモキした。息子に活を入れるため、朝、寝ているのを無理やり叩き起こして送り出したこともある。けれど、そうしても、どこかで時間を潰して帰ってくるのだ。

自分より身分の低い子弟らが、必死に勉強して、這い上がろうとしているのに、この子ときたら……と、十和は一人危機感を募らせていた。

だが、誠志郎はどこ吹く風で、前髪を落とすと、元々上背があり、端正な容姿だったのが、さらに見目が良くなり、それと共に派手な衣装や装飾品を好むようになった。

そして、口を開けば金の無心ばかりするようになってしまったのだ。

刀の鞘《さや》や鍔などとも凝ったものにし、十和が鍔の金細工に気づき、「これはどうしたのです」と驚いても、ニイッと笑い、「良く出来ているでしょう?　俵町の鍛冶職人に特別に誂《あつら》えてもらったものです」などと自慢するだけ。「その金はどうしたのですか」と問い詰めても、小遣いを溜めたと言うが、どうも怪しい。と言うのも、最近財布から、お金が抜き取られた形跡があるからだ。

鶴亀をあしらった袴が欲しいなどと、酔狂な事を言い出したのもこの頃だった。

「そんな身を飾る事ばかり考えずに、勉強に集中しなさい！　もうじき試験ではありませんかッ」そう十和が叱り飛ばすと、

「母上など、流行りの一つも知らないくせに」と、逆にこちらを馬鹿にする始末で、まったく手に負えなかった。

勉強は今一つだった誠志郎だが、それでも剣術の腕前だけは確かで、幼い頃より、近くの道場に通い、近隣に並ぶ者はないほどだった。賢樹館でも、剣術の稽古にだけは欠かさず出席していた。

ある時、夫の長弼に、「出来れば、江戸で剣の修行をさせてもらいたい」と頼んでいたが、「お前は、岩井家の跡取りだ。そんな馬鹿な事を考えず、勉学に励みなさい」と取り合ってもらえなかった。

それを機に、勉学に身を入れるのかと思いきや、誠志郎はかえってやる気を失くし、藩校も休みがちになった。同じように賢樹館から落ちこぼれた、遊び仲間と徒党を組

んでは、町中を闊歩するように……。

そんな誠志郎が、誰彼構わず、喧嘩を吹っ掛けるのではないかと、十和は内心冷や冷やしていた。騒ぎだけは起こしてくれるなと、毎日祈るような思いでいたのだ。

なんとか息子の気を静めようと思うのだが、母親の言う事など、聞く耳を持たなかった。


事件のあった日。

その日も朝遅く起き、髷《まげ》の形ばかりを気にして鏡を覗く誠志郎に、とうとう堪忍袋の緒が切れて、十和は怒鳴りつけたのだ。

「格好ばかり一人前で、中身が伴っていない。他の子を見習いなさい」と。

すると、うんざりという顔で、振り向いた誠志郎が叫んだ。

「またそれですか。母上は何も分かっちゃいない。いや、私の事なぞ、ちっとも知ろうとはしないんだ！」そして、

「母上までも私の事を、〝情けない人間〟だと思っているんですか。私がこの家に要らない人間だと。私がお二人のお荷物だと」

そう言って、悔しそうに唇を噛むと、朝飯も食べずに家を出て行った。

今思えば、それが誠志郎との最後の言葉になってしまったのだ。

誠志郎が帰って来た時、古い袴を穿いているのに気が付いた。それを見て十和は怒りが湧いてきた。そして心の中で怒鳴った。

この馬鹿、馬鹿者。どうしてこんな古い袴を穿いていったの、と。

それは、十和が見場ばかり気にしてと、怒ったからだったのだが、それでも、新しいものはいくらでもあったのに、よりにもよって、何故、あんなみすぼらしいものを選んで死んでいったのか——と思った。

お前にはいつも一番いい物を用意していたのに……。一番いい物を……。お前の欲しがっていた紺地袴だって、密かに取り寄せていたのに……。どうしてそれも着ずに亡くなってしまったの。

そう言って、泣いた。誠志郎を叩いていた。

どうして、母の気持ちが分からないのッ！　どうして、どうして……と。

今、その事を思い出すと、なぜ自分は誠志郎に優しくしてあげられなかったのだろう、と後悔の念に苛《さいな》まれる。と同時に、

「馬鹿、馬鹿、この親不孝者！　なんで死んでしまったのか……」と、やはり怒りの

念が湧いてくるのだ。

何をしていても、何を見ても、誠志郎の事が思い出された。十和が息子の事を忘れることなど、片時もなかった。誠志郎の息遣い、笑い声、少し強気なつんと尖った鼻、柔和な口元、そして最後に見た悲し気な瞳……。そんなものが昼夜を問わず、十和を苦しめた。

これはもう一生続くのだろうと思っていた。

私が、この哀しみから抜け出せる日は来ないだろう。親しい人々と笑い合う日は決して訪れないのだろう。

しかし、それでいいと十和は諦めていた。それが子を失った私には、相応しい罰なのだと。母親なのに、最期まで子供の事を、守り抜く事が出来なかった私には、それが似つかわしいのだと思った。

もう二度と浮上できなくとも、死んだ子供と、どこまでも、地獄冥府を歩いて行くのが、自分には分相応なのだという気がしていた。

けれど、誠志郎を思うと、必然的に小太郎の顔も浮かんできた。

小太郎を愛そうと思えば思うほど、そう出来ない自分に嫌気がさしていた。

そして、どうして私があの子を、育てなければならないのだろうと考えてしまうのだ。

一体、私にどんな前世の罪業があるのだろうか。十和は己の罪深さを感じていた。

そうして、自分をそのような運命に突き落とした、夫の事も考えていた。

あの人は、誠志郎を失った心の傷が癒えぬ間に、一人で決めて、勝手に小太郎を私に押し付けて、江戸へ旅立ってしまった。

私がどれほど苦しむかなんて、想像もしなかっただろう。私の心の傷など、露ほども気にせずに……。なんと無慈悲で、冷酷な人なのだろうか……。

気がつくと、十和は心の中で、いつまでも長弼を責め続けているのであった。

毎日、心が引き裂かれる思いの十和は、こんな状態ではよくない、これでは誰とも顔を合わせられないと、一人部屋へ閉じ籠るようになっていった。

第四章　二人の母

そんな風に、毎日部屋に閉じ籠っていた十和だったが、誠志郎の月命日だけは欠かさなかった。必ず花を携えて、菩提寺である円環寺にお参りに行っていた。

円環寺は、立瀬川の向こう側にある浅黄山の頂上にあり、十和の住む城下町からは、外堀の万永橋を通り過ぎ、町人地を抜けて立瀬橋を渡って行く。ゆうに半時以上は掛かるが、それでも毎月必ず通っていた。

円環寺は観音寺だが、最近ご住職が替わられたと聞いていた。今度の尼僧は、妙齢の方だという事だ。大きな岩を切り崩して作られた石段は、形もいびつで歪んでおり、その一つひとつが大きくて高く、上まで登るのに息が切れた。やっと登り切ると、門の側にはおよそ観音様とは似ても似つかない像が建っていた。

像は、一つの胴体に二つの顔があり、正面は柔和だが、裏に回ると苦悶の表情を浮かべている。その半開きにした口や眉根を寄せた情けない顔を見ると、なんだか鬼面の泣きっ面に見えるのだ。

十和は、これまでは、「お可哀想に……」と思って眺めていたが、最近ではその顔付きが妙に胸に突き刺さった。このお方はご自分の苦しみに耐えきれず、このような憐れな面相をしているのだ。そして、それは今の自分なのだ、と思った。


墓所は本堂の裏手にあった。

その日、いつものように、十和が手桶に水を汲み、墓へ行くと先客があった。薄汚れた着物に、襟に掛かるおくれ毛、一目で貧しい女だと見てとれた。女はさっきから熱心に拝んでいる。立ち上がる気配はない。側にはまだ幼き子らが一緒になって、その小さな手を合わせていた。

十和が近づくと、女は、「あ、奥様」と言って立ち上がった。それは、小太郎の母、セキだった。幼児らは小太郎の弟妹だろう。墓には新しい花が活けられており、線香が立ててあった。

それを見た瞬間、十和は逆上した。顔をこわばらせながら、つかつかと近寄ると、セキの目の前で活けてある花を抜き取って、地面に叩きつけた。そして、「もう二度と来ないでください！」と叫んでいた。

突然の事に、セキは身動き一つ出来ずに、目を見開いていた。

「ここは私どもの先祖が眠る墓。そして、誠志郎も眠る所です。あなた方が来ると、彼らの気が休まりません！　だから、もう二度と来ないで」

十和のあまりの剣幕に、セキは目に涙を浮かべながら一礼すると、その場を立ち去った。幼子らが、その後ろを何事か言いながら、追いかけて行った。

彼らが居なくなると、十和は、さっき地面に叩きつけた花を、怒りにまかせて、踏みつけた。

「こんなもの、こんなもの！」

そう言いながら、何度も何度も踏みつけていた。

その様子を、生け垣の陰から見つめる者があった。

明恵尼《めいけいに》である。明恵尼は、この寺に来てまだ日が浅く、この日は、本堂の周りを箒《ほうき》で掃き清めていたところだった。顔を紅潮させ、花がバラバラになるまで、幾度も踏みつけている十和の鬼気迫る様子に、掛ける言葉もなく、ただ見つめているだけだった。

屋敷に戻ってからも、十和の怒りは収まらなかった。

「あの女……」

と手を合わせるセキの姿が目に浮かぶと、地団駄を踏んだ。

十和にとって、セキは憎き小太郎の母で、よりによってこの私に向かって、「小太郎を育てられるのか」と言い放った女だった。

その時の悔しさは、今も脳裏から離れなかった。お徒士女房の分際で、この私に物申したのだ。お前は誠志郎を殺した小太郎を育てられるのか、と。

「そんな事、出来るはずもないのに……」十和は悔し涙を流した。

自分の子供を殺した者を育てられる筈もないのに……。そんな事、到底無理なのに……。

苦しい……苦しい……。

いつの間にか十和は呼吸が浅くなり、胸を掻きむしっていた。

その日以来、十和は寝付いてしまい、医師の佐竹陽山《さたけようざん》が呼ばれた。

陽山は一通り診察をしたあと、

「奥様、難儀なさいましたなぁ」と慰めるように言った。

それを聞くと、十和の目から、はらはらと涙がこぼれた。

誠志郎が亡くなってから、早二ケ月。その間、変転目まぐるしく、十和は息つく暇もなかった。外側の事象に心と身体が追い付けず、ただ一人、置いてきぼりを食った気がしていた。ついには力尽きて道端に倒れ込み、自力ではどうする事も出来ずに呆然としている、といった感じだった。その十和の気持ちにようやっと寄り添ってくれる者が現れたのだ。

十和は陽山の言葉に、気持ちが氷解していくようだった。

「奥様は、気力体力ともに、衰弱しておられるようですので、真武湯《しんぶとう》を処方しておきましょう」という陽山に、十和は、「それはどのようなお薬ですか」と尋ねた。

「茯苓《ぶくりょう》や蒼朮《そうじゅつ》、芍薬、附子《ぶし》なども入っており、奥様の熱を取り除き、代謝を良くし、眩暈なども抑えてくれますよ」

陽山の説明に、うなずきながら、ふと、〝附子〟という言葉が引っかかった。その名に聞き覚えがあったからだ。

あれはまだ、十和が少女の頃だった。

実家に小夜《さよ》という女中がいた。小夜は、農家の出ながら、色白のよく気が利く娘で、幼い十和の遊び相手にもなってくれた。

十和は兄と小夜と三人で、よく野山へと遊びに出掛けたものだ。

母は、小夜を気に入っており、よい家へ嫁がせたいと考えていた。そこで白羽の矢が立ったのが、親戚の逸左衛門《いつざえもん》だった。逸左衛門は、年こそ取っているものの、まだ独り身の御家人で、出世も見込める事から、小夜を任せられると思ったのだ。

ところが、その話を母から聞かされた小夜は、浮かない顔をしていた。小夜にはどうやら好いた人がいたようだ。それから、しばらくしてからだ。小夜が亡くなったのは――。

小夜は、附子の根を乾かしたものを砕いて飲み、亡くなったという。そう言えば、兄と三人で出掛けた時、野に咲く紫の花を摘もうとしたら、うんと怒られたっけ。

「危ない、十和！　それは附子という猛毒だ。決して触ってはいけないよ」

小夜もそれを聞いていた筈だ。小夜は死ぬ間際に、兄上の言葉を思い出したのだろうか。だから、それを飲んだのだろうか。幼い十和には分からなかった。

しかし、いつも兄と仲が良く、時には、十和をほったらかしにして、二人で楽しそうに語らっていた姿を思い出すと、あながち思い過ごしとも言い切れなかった。

もしかすると、小夜の想い人は兄だったのかもしれない。けれど、その頃すでに兄には許嫁《いいなずけ》がいた。叶わぬ恋だと知りながら、自ら毒を飲んだのだろうか。それから程なくして兄は結婚してしまったが、その胸中は如何ばかりだったのだろうか。

図らずも、小夜の哀し気な顔と、猛毒だと言った兄の声とが、記憶の中から甦ってきた。

陽山が帰ると、十和は少し考え込んでいたが、爺を呼んだ。そして、山から附子を取って来るよう命じた。

「私の症状によく効くというので、庭に植えたいのです」

爺は怪訝な顔をしていたが、何も言わずに出て行った。おそらく、附子に毒がある事を知っていたのだろう。そして、何故それを私が所望するのか、理解出来なかったのだ。

どうしてなのか、自分でも不思議だったけれど、さっきからずっと、附子の花を見たいという気持ちが高まっていた。

あの小さな鳥兜《とりかぶと》型の、紫の花さえあれば……。

自分も安心して、眠れるような気がしていた。

小太郎は、退屈していた。

岩井家に来てからというもの、朝、素読や手習いをして、昼から栄之進を相手に剣術の稽古に励むと、あとは何もやる事がなかった。毎日毎日同じことの繰り返しで、身を持て余していた。

この屋敷が自分の家だという実感はなく、時折、目が覚めると、ここがどこなのか分からない時があった。しばらく経ってから、ようやくここが、岩井誠志郎の館で、自分は養子に貰われてきたのだと思い出した。

最初は誰に出くわすのかも知れず、自室から一歩出るのも恐る恐るといった小太郎だったが、近頃では、だいぶ住まいの様子も分かってきた。

岩井家は、南側に長屋門を構えており、敷地をぐるりと塀で囲われていた。塀に沿って若党の部屋が並んでいるが、今は、長弼の江戸詰めに付いていっているので、栄之進ただ一人が住んでいるようだった。

長い石畳みを歩いて玄関に入ると、向かって右側に式台、続いて客間がある。そこを通り過ぎて奥の長い廊下を進むと、左右にたくさんの部屋が分かれており、中程には中庭を見渡せる主人の間が突き出して作られてあった。さらにその奥に進むと、十和の寝起きする奥方の間や仏間があった。

台所や井戸は、西側に作られ、少し離れた場所に、女中部屋と日の当たらぬ土蔵が建てられていた。小太郎の部屋は、台所や食事をする居間などがある一角の角部屋で、障子を開けると、すぐ裏庭が見渡せた。

小太郎が立ち入れるのは、十和の住む奥方の間までで、その奥には入れなかった。十和との約束で、これ以上入ってはいけない事になっていたが、無聊《ぶりょう》をかこつ小太郎は、次第にその奥に何があるのか、好奇心が抑えきれなくなっていった。

屋敷の北側には、広い庭があり、塀に沿って鬱蒼《うっそう》とした竹林が生い茂り、そのせいで日差しが遮られていた。庭先には、梅や柿や夏橙など季節の果物が楽しめるようになっており、野菜なども作られて、爺やか婆やが手入れをしているようだった。

塀の奥からは有明浜の潮騒が、時折聞こえてくるので、この屋敷が海の側に建っていることが分かるのだ。

いくぶん生活に慣れてきた小太郎は、ある日、興味本位で、つい禁止されていた奥の間に足を踏み入れてしまった。気づかれぬよう、そうっと十和の部屋の前を過ぎると、突き当たりに納戸が見えた。

ここのどこが秘密にしておくような場所なのかと、何気なく納戸を開けた小太郎は、思わず息を呑んだ。

そこには、およそ幼い男子が喜びそうな品々があったからだ。壁に掛けてある色とりどりの大凧、飾ってある子供用の鎧や刀。釣り道具もあれば、床に置かれた木馬まである。しつらえられた棚には歌留多《かるた》やすごろく、美しい絵柄の草紙類、玩具などが所狭しと並べてあった。驚嘆して、一個一個を見て回っていた小太郎が、思わず独楽《こま》に触りそうになった瞬間、

「触るな！」という声がした。

振り向くと、そこには目の吊り上がった十和の顔があった。

「ここはお前なんかが、入っては良い場所ではありません。さっさと出ていきなさいッ！」

そう言われて、慌てて廊下に出た小太郎は、「申し訳ございません！」と平伏した。しかし、十和の怒りは収まらず、身体を震わせながら、なおも睨みつけていた。

その視線の先には、小太郎のか細くて白い首筋があった。

すぐに、清も呼ばれてやってくると、一緒に土下座して謝った。

ようやく解放されて、自室に戻ってきた小太郎が、袖の中から取り出したのは、泥メンコだった。金太郎が彫り込まれた精巧な物で、これまでに見たこともないような美しい作りだった。

十和に怒鳴られた時、これだけはこっそり隠し持ってきたのだ。

部屋へ戻った十和は、いまだ興奮冷めやらず、といった感じで歩き回っていた。

小太郎が、誠志郎の持ち物のある納戸へ入った時、何か自分の大切な宝物を汚されたような気がした。

誰にも見せず、特に小太郎には見られたくなかった、この部屋の一つひとつの思い出が、ひどく穢されたような気がした。

それは誰にも侵されたくない、十和だけの聖域だったが、そこにずけずけと、土足で入り込んでくる小太郎の図太さに、十和は怒りが解けなかった。

そして、何かと言えば、土下座をする小太郎の態度にも、腹を立てていた。まったく心がこもっていないあの態度。頭を下げさえすればいいと思っているあの態度。

あの白い首筋を見ていると、なんだかむかむかして、絞めたくなってしまうのだ。

そして、誠志郎に謝れ！　と叫びたくなった。

誠志郎を返せ！　生きて戻せ！

それこそが十和の真の願いだった。

十和には怒られてしまったが、それでも少し日が経つと、やることもない小太郎は、再び家の中を行ったり来たりしはじめた。

女中たちは、朝の忙しさが一段落つくと、台所横にある使用人部屋で過ごしていた。賑やかな声につられて、小太郎が覗いてみると、囲炉裏を囲みながら、清と二人の下女、房《ふさ》とカネが床板にゴザを敷いて座っていた。

房は中年女だが、カネはまだ若かった。めいめいに石臼を引いたり、豆をよったり、古着を解いて雑巾を縫ったりしている。

土間には爺やがいて、竹籠を編んでいた。少し離れた縁側には、婆やがおり、糸を紡いでいた。

そこに小太郎が来たので、皆、お喋りをやめて、一斉にこの闖入者を見つめた。清以外の使用人たちは、まだ誠志郎を亡き者にした小太郎を、どう扱っていいのか、見当がつかないでいた。

最初の頃は、坊ちゃまを斬った憎き敵として、遠巻きに見るだけだったが、そのうちに、ちょっとずつ小太郎の居る生活に慣れてきた。しかし、だからと言って、奥様を差し置いて、親しくする訳にはいかなかった。

皆が黙り込んでしまったので、作業場には妙な空気が流れた。

沈黙を破ったのは清だった。

「小太郎様、どうぞこちらへ」

と座布団を勧めるが、小太郎はそれには応えず、下女たちの仕事を興味津々で見て回った。やがて、土間に降りると、手際よく竹を編んでいる爺やの手元を見つめた。しばらくすると、「私にもやらせてください」と言うので、爺やが驚いて、「めっそうもございません」と断ると、小太郎は笑顔で、「私も何かお手伝いがしたいのです」と譲らない。仕方なく爺やは、新しい若君に竹籠編みを教えた。

誠志郎が、台所に来る事など滅多になく、まして女中らと親しく口を利くことなどもなかったので、小太郎の態度に雇人たちは驚きを隠せなかった。

それからというもの、小太郎は暇さえあれば、使用人部屋で過ごすようになった。最初はギクシャクしていた奉公人たちも、一緒に過ごす時間が増えると、小太郎を受け入れはじめた。女中たちは、分け隔てなく、誰とでも礼儀正しく接する小太郎に、すぐに心を許していった。

小太郎は、ちょっとした手伝いをしながら、皆の話を聞いていた。世間話や噂話、昔の思い出話と、女たちのお喋りは際限がなかった。そうしているうちに、囲炉裏に掛けた鍋からはいい匂いが立ち込めてくる。「若様、おやつが出来ましたよ」と言いながら、清が熱々のふかし芋などを渡してくれるのだ。

いつしか岩井家の台所からは、楽し気な笑い声が、聞こえてくるようになった。初めは遠慮がちだった声も、徐々に大きくなり、昔のお屋敷のように活気を取り戻しつつあった。

その様子に小太郎は、「あーあ、私もこちらで食事を摂りたいなぁ」と溜息をついた。小太郎は、広い座敷で一人お膳を頂くのが、どうにも苦痛だったのだ。

「それだけはいけません。当家の若様がなさることではありません」と、すかさず清が、ぴしゃりと制した。

清は、小太郎がこの家に馴染むのは良いが、肝心の奥様と心を通わせなければ、何にもならないと考えていた。若君には、このような下々の者とではなく、奥様と親しくして欲しいと願っていたが、そのきっかけを清自身も摑めずにいた。

そうやって、このままではいけないと思いながらも、ずるずると小太郎を使用人部屋へと招き入れていた。

そんな屋敷内の様子に十和が、気づかない筈はなかった。

しばらくは部屋に籠って、聞こえないふりをしていたが、ある時、皆の賑やかな声に、どうにも我慢が出来なくなり、部屋を飛び出した。

一体、お前たちは誰の味方なの！　誠志郎の気持ちを考えて！　と。

そうして、使用人たちのいる部屋の戸を勢いよく開けると、「今は喪中ですぞ！　なにゆえ、そのような笑い声を立てるのですか」と一喝した。中にいた女たちは凍りついた。

小太郎の姿が見えないので、「小太郎はどこです」と十和がキツイ声で問いただすと、一同、裏庭の方へ目をやった。

十和がそちらを見ると、コーンと薪を割る音が聞こえてきた。

外へ出ると、裏門近くで斧を持ち、爺やの手伝いをしている小太郎がいた。

それを見るなり、十和は大声を出した。

「何をしておるッ！」

その剣幕に、周りは静かになった。

「小太郎、お前は何をしておるのじゃ」

「ま、薪を割って」

「そんな事はしなくてもよい。それは爺の仕事じゃ」

「はい」

「爺も爺だ、何故、小太郎にこのような真似をさせるのじゃ」

「も、申し訳ございません」爺も腰を曲げ恐縮している。

それでも、怒りの収まらない十和は、清を呼びつけると、

「よいな、今後一切、小太郎に、このような事をさせるでない」と言い付けた。

そして、これから小太郎が使用人部屋に入ることを禁じた。

小太郎は、血の気を失い、

「申し訳ございません！　すべてはこの私の一存でやったこと。どうぞ皆をお許しください」と謝った。

十和は、その物言いにカチンときた。

「お前は、この家の嫡男じゃ。金輪際、使用人と交わるでない」

「はい。申し訳ありませんでした」

そう言って、小太郎はその場に土下座した。

十和は、土がつくのも構わず、地面に突っ伏す小太郎が、また癪に障った。

すべてを己の罪として被る、小太郎の潔いとも言える態度が、逆に苦々しく思えるのだ。

自分だけがいい子でいたいのか！　自分だけが正しいのか！　と。

何もかも完璧で、非の打ちどころのない小太郎の態度が、十和には余計に腹立たし

く思えた。何でも自分の責任として、背負おうとするかのような小太郎の態度と、実母セキの悲し気な瞳とが重なってしまい、歯噛みしたくなるほどの怒りが込み上げてくる。

「お前じゃないんだよ、悲しいのは、こっちなんだよ」

「自分だけが辛いと思うなよ。私も被害者なんだよ。本当に悲しいのは、この私なんだよ」

十和は、見えないセキに向かって、そう叫んでいた。

だから、目の前で平伏する、小太郎の白い首筋を見ていると、どうしても十和はその首を絞めたくなってしまうのだ。

感情が高ぶったまま、自室に戻ってくると、十和は、後ろ手でバンと大きな音を立てて障子を閉めた。もちろん、行儀が悪いという事は百も承知だった。だが、そうでもしなければ、自分の今の気持ちなど、誰にも分かってもらえそうになかった。

そして、先ほどの泣きそうな小太郎の顔を思い出すと、更に落ち着きを失くした。

自分がこれほど意地が悪かったなんて……。そんな自分を知ることになろうとは……。

十和は、自分の中に、こんなにも醜い自分がいた事が信じられなかった。

十和は幼少期より、大切な姫君として育てられてきた。父は、隣国五月《さつき》藩の重臣だった。末っ子だったので、欲しいものは何でも与えられ、可愛がられてきた。「女の子は気立てが優しいのが一番だ」と言われ、「目上の者には従い、目下の者には親切にせよ」と教わってきたのだ。

だから、使用人たちにも気を配り、丁寧に接してきたつもりだ。それは母や祖母らを見習うというよりも、十和の中では彼らも大切な家族の一員だったから。分け隔てなく付き合うのが当たり前だった。

ところが、小太郎が来てからというもの、すべてに狂いが生じてしまった。

もちろん、家族の者が、召使いたちと仲良くするのは、本来なら問題などなかったが、何故だか、許せなかったのだ。小太郎がみんなの輪の中に入り、易々と自分の居場所を見つけることが、どうしても許せなかった。

嫉妬——。

それは嫉妬の感情だったのかもしれない。

私や誠志郎が、どうしても越えられなかった垣根を、難なく越えていく小太郎に対し、どうしようない妬みを感じていたのかもしれなかった。

小太郎に対し、

もっと、苦労しろ！　もっと泣き喚け！　もっと孤独にのたうち回れ！

と願っている自分がいるのだ。

こんなにもどす黒く、浅ましい自分がいるなんて、思いも寄らなかった。こんなにも穢れた、強烈に人を憎む自分が存在するなんて、考えもしなかった。

そして、憎しみ、悲しみ、悔しさ……。そのような負の感情が自分自身を蝕《むしば》み、今までとは違う人間に変えていくような気がしてならなかった。心の中に湧き起こる、キツく、冷酷で、無慈悲な思いが、徐々に己を別の何かに変えていくようだった。

そう思う反面、そんな自分に疲れ果て、どうする事も出来ずに、打ちひしがれる自身もいるのだ。

十和は、大海に飲まれる木の葉のように、毎日心を揺さぶられ、翻弄されていた。

所詮、これまで生きてきた人生は、まるっきりの付け焼き刃で、私は大して人間が出来ている訳ではなかったのだと、忌々しく思うのだ。

果たして私に小太郎に対する復讐心はあるのかと、十和は自分に問うてもみたりした。

もちろん、小太郎を憎む気持ちがない訳ではないが、だからと言って、実際に危害を加える度胸もないことは、自分でもよく分かっていた。

十和だって、最初のうちは小太郎を受け入れようと努力はしていた。だが、小太郎は十和を見ると、身体を固くし、平伏するばかりで、決して打ち解けようとはしなかった。

この子は、私たち夫婦が寛大にも、許してやったにも拘らず、感謝の気持ち一つ見せない。私が名前を奪われそうな時に守ってやっても、笑顔一つ見せるでもない。どんなに鳥肌が立とうとも、笑顔を作り、歩み寄ろうとしても、後ずさりするだけで視線すら合わせないのだ。

そんな小太郎の態度を見ているうちに、次第に十和の気持ちも冷めてゆき、怒りと同時に誠志郎への思いが募ってゆく。やがてその思いは、小太郎への嫌悪へと変わっていった。

言うまでもなく、本気で小太郎を傷つける気はなかった。ただ、ほんのちょっとした意趣返しのようなものだった。

だって、そうしなければ、一体誰が小太郎に罰を与えるのですか。

誠志郎は亡くなったというのに、小太郎はのうのうと生きているのですよ。しかも、私の目の前にいて、嫌でもその事を思い出させるのです。そんな不公平なことがあってよいものでしょうか。

誠志郎は死んだのに？　あの者の手によって、殺されたのに？

そんな事があってよいのでしょうか。


小太郎のために縫った肌着に針が混入していたのは、偶然だった。

何故私が、生さぬ仲の者の下着など縫わなければならないのです！

そう思い、気がつけば、出来上がったばかりの肌着をくしゃくしゃにして、何度も何度も床に叩きつけていた。決してわざとではなかったが、つい感情が抑え切れなくなってしまったのだ。

しかし、その時、勢いあまって側にある針箱を倒してしまった。「あっ！」と思い、慌てて拾ったが、その際、縫い針が一本、肌着に紛れ込んでしまったようだ。

翌朝、それに気づいて、慌てて小太郎の部屋へ向かったのだけれど、時すでに遅し。

肌着を着ていた小太郎はうつむいており、代わりに清が困惑したようにこちらを見ていたっけ。間違いであって欲しいとでも言うように。

それを見ると、何も言えなくなって……。逆に言い訳するのがみっともないような気がして、何も言わずに障子を閉めたのだ。


けれど、それ以来、清の視線は強さを増していった。

最初の針の混入はわざとではないけれど、あの清の視線で、何か箍《たが》が外れた気がした。

私の事を一番、信頼していると思っていた清が、私の事を疑いの眼《まなこ》で見ていると思うと、何だか口惜しくなって……。小太郎に何かしてやろうと思ったのだ。それは、自分なりの小さな報復とでも言おうか。


梅の実やフグが、小太郎を狙ってのことかと言われれば、そんな事もなかった。ただ、「もし、小太郎が少しでもこれで苦しんでくれたら……」そう願う気持ちがなかったと言えば嘘になる。

梅の実も、熟したものを食べさせてあげよ、と指示したつもりだが、清には私が青梅を食べさせろと言ったかのように聞こえたようだ。

何故なら、それ以後、私を見る目が変わっていたから。

フグの身だって、まさか、本気でこの私が、小太郎の命を狙っていると思ったのだろうか？　私はただ、この時期、旬のフグを食べさせてあげようと思っただけなのだが、それでも清に余計な心配をかけたようだ。

あとで、カネに聞くと、小太郎は平鉢を落として、食べられなかったそうだ。それは、清が何か粗相をしてしまったからなのだとか。それを聞いた時、私はそこまで疑われているのかと情けなくなってしまった。

私がそうまでして、小太郎を傷つけると、清は本気で思っているのだろうか。

私はそんなに質《たち》の悪い人間か。

たとえ小太郎が死んだとしても、誠志郎は帰っては来ない。そんな事は分かり切っている。

けれど、それでは殺された誠志郎が、あまりにも可哀想ではないか。

一体、誰が、誠志郎の死を悼んでくれるというのか。一方的に悪者にされて、仕方がなかった、先に仕掛けたのは誠志郎なのだからと、まるで亡くなったのは自業自得だと言わんばかり。

そんな事は許せない。あの子は死んだんです。あの子だけが、損をしている。酷い目にあっているのです。あの子の苦しみを分かってやれるのは、私だけなのです。私しかいないのです。それを分かって欲しいのです!!

いつしか、十和は天に向かって、そう叫んでいた。

怒りの収まらない十和は、爺やを呼んだ。そして、裏庭に植えた附子の世話を、小太郎にさせるよう命じた。

「……」

爺は驚いた様子だったが、何も言わずに出て行った。

第五章　初盆

さっきから蟬の声が、やかましいほど聞こえてくる。

その声を聞いていると、室内にいても汗が吹き出そうなほどだった。

どこからか風鈴の音がちりんと鳴った。

小太郎は相変わらず、自室に籠って漢文の暗記をしていた。それが終わると、栄之進との剣術の稽古が待っていた。というよりも、使用人部屋へ行くことを禁じられて以来、それ以外にはやる事がなかった。小太郎は窮屈さをかこっていた。

時々、小太郎は、自分の事を、籠に捕らわれた鳥のように感じることがあった。大空を自由に飛ぶことも出来ず、何をするにも、どこへ行くにも、見えない檻のようなもので囲われている。そして、その檻はいつしか溶け出し、身動きのとれない小太郎に、べったりとのしかかってきて、絡めとろうとする、そんな気がしていた。

このような中でも、唯一の楽しみは、十和から命じられていた、草花の世話だった。爺やが裏庭に植えたというこの草は、最初は小さな苗だったのが、次第に上へ上へと伸びていき、今では子供の掌のような薄い葉を広げていた。

季節は真夏に入り、ますます日差しが強くなった。

小太郎は、この草花に、毎日かかさず水をやり、雑草ひきをしていた。

これが何の植物なのかは知らなかったが、なんでも爺が言うには、「奥様に必要なお薬の原料になるもの」という事で、大切にして欲しいと言われていた。

十和から薬草の世話を任されて、小太郎は嬉しかった。

「母上さまが自ら私に命じたのだ」

己が役に立つことを、小太郎は誇らしく感じていた。

そうして、「母上のご病気が、一日も早く回復するように」と願いを込めて、小太郎は、毎日、朝早く起きては、その成長を確かめにゆき、一つでも枯れそうなものがあれば、土を盛ったり、肥料をやったりして、なにくれとなく面倒をみていた。

それが終わると、敷地内をぐるりと、一周するのが小太郎の日課だった。外へ出る事はまだ許されていなかったし、人に会う事も禁止されていた。

屋敷の庭は案外広く、ゆっくり歩けば、子供の足だと四半時以上は掛かった。特にお気に入りは、畑や果樹を有する北側の庭だった。今は夏橙の実が、涼やかにぶら下がり、それを眺めるのも風情があったが、何と言っても、竹林の向こうには入江が広がっているのだ。

その波の音を聞きながら、しばし空を眺めるのが、小太郎の至福の時だった。

その日は、稽古が終わると、小太郎はすぐに井戸へ向かった。

うだるような暑さだった。

流れる汗を拭きながら、井戸へ行くと、そこにはすでに桶に入った冷たい水が汲んであった。誰かが気を利かせて置いてくれたのだと思い、ひしゃくですくって一口飲むと、

「うっ！」

突然、喉に鋭い痛みを感じた。

慌てて吐き出すが、出てこない。何か喉の奥に、細かい棘が刺さっている感じだが、何度吐いても出てこなかった。

苦しんでいる小太郎に気づいて、下女の房がやってきた。

「まあ、大変」と叫んで、

「坊ちゃま、坊ちゃま」と背中をさすっていると、騒ぎを聞きつけ清がやってきた。

そうして、桶の水を見て驚いた。それは、頂き物の桃を洗った水だったのだが、誰かが流し忘れていたようだ。

「桃を洗ったのは誰？」と清は、他の下女を問い詰めた。

「房か？」

「いいえ、私ではありません」

「ではカネか？」と聞くと、台所の戸口から、青ざめながら顔を出し、「知りません」と答える。

では一体誰が？　と、清は不審に思った。

女中たちが、バタバタと小太郎の世話をしている間に、清は十和の部屋へ行き報告するが、小太郎が桃の棘の入った水を飲んだと話しても、全く意に介する様子がなかった。

しびれを切らした清が、「陽山先生をお呼びしましょうか」と言っても、「それには及ばないでしょう」と、生返事をするばかりだった。

心なしか清には、十和が嬉しそうに見えた。

桃は十和の大好物だった。体調を崩している十和のためにと、実家の兄嫁が送ってくれたものだった。

その夜。

熱で苦しんでいる小太郎を尻目に、普段、滅多な事では現れない十和が、居間へやって来て、美味しそうに桃を頬張っていた。

その姿を見て、清は「まさか……」と、一抹の不安を覚えるのだ。

やがて、お盆の季節がやってきた。

岩井家でも、誠志郎の初盆のための準備で忙しくなった。栄之進や爺やが、庭や外回りを掃除し、女中たちが家の中を拭き清めると、精進料理の準備をはじめた。

この時ばかりは、十和も部屋から出て来て、訪れた親戚や近隣の人たちに振る舞う料理や菓子、飲み物に至るまでの支度に余念がなかった。

そんな慌ただしさで、久方ぶりに岩井家にも生気がよみがえってきたようだった。

そして、明日が盆の入りという日。

小太郎の部屋に現れた清が、言いにくそうに口を開いた。

「奥様から、坊ちゃまには、しばらく土蔵で暮らして欲しいという事でした」

小太郎は驚くが、淡々と受け入れた。

「承知しました」


小太郎が入ることになった土蔵は、屋敷の西側にあり、女中部屋などと共にひっそり建っていた。普段から日も差さず薄暗いので、十和以外では誰も滅多な事では近づかなかった。

この蔵は、誠志郎が亡くなった後、遺体の腐乱を防ぐために、一時安置していた場所でもあり、十和が時折一人赴いては、誠志郎との思い出に耽る場所でもあった。

そこには至る所に誠志郎の痕跡が残っていた。

誠志郎が運ばれてきた時の戸板もまだ、壁に立てかけてあったし、雪を入れた桶も重ねて置かれていた。奥には畳敷きがあり、長弼が帰ってくるまで、ここに誠志郎は寝かされていた。じりじりしながら待つうちに、誠志郎の身体から染み出た体液で、布団や畳に大きなシミが出来てしまった。それはいくら拭いても、拭いても、取れる事がなかった。

十和は、葬式が終わってからも、よくここへ来てこの跡を綺麗にしようとした。

雑巾で力を込めて擦っているうちに、涙がポタポタと滴り落ちてきた。止めようと思うけれど、涙は尽きる事がなく、最後には流るるに任せていた。

泣きながら、「この親不孝者！　親不孝者！」とつぶやいていた。

そんな自分の姿が思い返されて、この暗く湿った土蔵の中に、小太郎を閉じ込めておくには、ふさわしい気がしていた。

お前も、少しは誠志郎の気持ちを味わうがいい！　そんな気持ちだった。

それに——。

十和は大勢の人の目に、小太郎を晒《さら》したくはなかったのだ。

皆が興味本位で小太郎と十和の関係を尋ねてくるだろう。それにどう答えれば良いのか分からなかった。

「上手くやっている」と言えば、本当かどうかと勘繰られ、本当に私怨を捨てて、生さぬ子を育てているのかという疑心の目つきで、私と小太郎を見るだろう。

そんな好奇な視線に晒されてまで、よい母を演じるのはたくさんだった。十和には、もうそんな余力は残されていなかった。

特に十和が嫌だったのは、小太郎を岩井家の嫡男として、お披露目する事だった。

それにはまだ及ばないだろう。もちろん、いずれ小太郎を岩井家の跡取りとして、披露しなければならない日も来るだろうが、それはもっとずっと後の話だった。

十和の中では、岩井家の嫡男は、あくまでも誠志郎だった。死んだからと言って、その存在までも消せるわけではなかった。

ましてや、小太郎を嫡男になど、十和の気持ちが許さなかったのだ。

どうしてだろう、小太郎と暮らせば暮らすほど、十和には忌避感が強まっていく。はじめは、この子を受け入れよう、憎しみを越えてこの子に親切にしよう、と思っていたのに、一緒にいればいるほど、十和は小太郎を遠ざけたくなった。

屋敷では夜遅くまで、訪問客の出入りが止まらなかった。

時に、酔っぱらった親戚の誰かが、「ほれ、あの、小太郎と申す者は?」などと不躾《ぶしつけ》に聞いてきたが、十和はそれにには動ぜず、にっこり微笑むと、

「皆さまにご挨拶したがっていましたが、夏の疲れからか風邪をひいておりまして。大事をとって休養させております」

と情け深い母を演じていた。

一方、その頃、小太郎は土蔵の中にいた。

季節は夏だというのに、ここはひんやりとして肌寒かった。

行燈があるのに四隅は暗く、辺りはかび臭かった。時折、チュウチュウと鼠の鳴き声がして、ガタガタと物音がするのも恐ろしい。

小太郎は何もすることがなく身を縮め、じっと母屋の喧騒を聞くだけだった。

しばらくすると重い扉の開く音がして、

「坊ちゃま、お食事ですよ」と女の声がした。

見ると、清が晩御飯を運んで来てくれていた。その姿に小太郎はホッとした。


「母上は私の事が嫌いなんだ」

ご飯を口に運びながら、小太郎がポツリと言った。目の前の膳には、汁に煮物に巻き寿司にと、さらに水菓子までもがつく、豪勢な精進料理が並んでいるが、今はまったく食欲が湧いてこなかった。

「なぜそのような事を」

団扇《うちわ》で扇いでいた清が、びっくりしたように言った。

「だって嫌いに決まっているよ。だって私は……」

言い淀みながら、

「誠志郎様を討ったのだから」と、つぶやいた。

小太郎には分かっていた。どんなに隠しても、自分と岩井家との間には溝があった。それは、一朝一夕では埋まる事のない、深くて大きな溝だった。

清はその言葉に胸を突かれた。けれど、すぐに「気のせいですよ」と打ち消した。

「奥様は、小太郎様の事を気にかけておられますよ」

しかし、首を傾げる小太郎。

「そうだろうか」

その表情からは、清の言葉をこれっぽっちも信じていない様子が窺えるのだ。


お盆が終わると、屋敷内は急速に火が消えたように静かになった。大きな行事を一つ終わらせ、十和はほっと胸を撫で下ろしていた。

ある日、いつものように、十和が墓参りのため玄関にいると、小太郎がやって来て、

「母上、私も一緒に、連れていって貰えないでしょうか」

と頭を下げた。

「結構です」

すぐさま十和は断った。

十和は、小太郎には岩井家の墓所に、参って欲しくはなかった。あそこには、誠志郎も眠っているのだ。お前などには会いたくない筈。そう思うと連れて行く気にはなれなかった。

「しかし」と、いつもならすぐに諦めるのに、今日の小太郎は違った。

「私も行きたいのです！　行って、誠志郎様に手を合わせたいのです」

そう食い下がり、十和の袖口に縋った。十和はカッとして、その手を強く振り払うと、独り言を言った。

「え？」聞き取れずにいると、

「愚弄するのか」

怒りで震えながら十和が言った。

「え！」

驚いて小太郎が声を上げると、

「自分に負けたからと言って、誠志郎をまだ愚弄するのかッ！」

と、十和が声を荒げた。

「そのような事はございません」

小太郎がその剣幕に驚いていると、

「お前なんぞに、誠志郎を拝んで貰いたくはないわ！　お前なんぞに……」

怒りを堪えて、十和は、そう言うのが精一杯だった。

何故だろう、小太郎に何か言われれば言われるほど、その言葉は十和の気持ちを逆撫でた。小太郎に何か言われれば言われるほど、傷ついた。もちろん、小太郎がわざと苛立たせている訳ではない事は分かってはいた。だが、小太郎が何か言うたびに、十和の心は過敏に反応し、治りきらない傷がグジュグジュ疼くのだった。


反対に小太郎の方は、十和の声の冷たさに、背筋が凍る思いがした。

そして、「母上は、まだ私の事をお許しになっていないのだ」と確信した。

口では何と言おうとも、十和が小太郎の事を許していないことは明らかだった。小太郎にとって、この家はなんとも居心地の悪い、薄氷を踏むような場所であった。一歩間違えば冷たい水に落ちてしまい、二度と浮上する事は出来ない。そんな冷え冷えとした氷の家、それが岩井家であった。

痛ッ……！

十和に払われた指が、ふいに痛みはじめた。それは徐々に小太郎を蝕み、収拾がつかなくなっていった。

この頃から、小太郎の様子がおかしくなってしまう。

食事も摂れず、食べても吐き出した。一日中、目の瞬きが止まらず、瞼《まぶた》がぴくぴくと動いた。夜はうなされ、大声で叫んだり、時には粗相をするようにもなった。放っておくと、指しゃぶりもはじめた。

そんな状態でも、日中は無理やり起こされ、机の前に座らされた。けれど、小太郎は虚ろな目で空を眺めるばかりで、一向に勉強に身が入らない。教わっている住職からも、「失礼ですが、若様には少し休養が必要かと思われます」と言われる始末だった。

清からそれを聞くと、十和は鼻で笑った。

「ふん、賢樹館の神童などと言われても、その程度か」

その言葉に、清は身震いした。

そこには、かつて清が尊敬していた、賢婦人の姿はなかった。あるのは、ただ眉間に皺を寄せ、意地悪い目つきで毒を吐く、ドス黒い顔の女だった。

いつから奥様は、このような面相に変わられたのか。

いくら辛い事が続いたとは言え、あまりの変貌ぶりに、清は動揺を隠せなかった。

しかし、清の心配をよそに、小太郎の元気がなくなればなくなるほど、十和の気力は充実してくるようだった。背中を丸め、一日中、部屋から出てこなかったのが、近頃では鼻歌まじりで、花を活けたりもする。あまつさえ、カネを呼んで生け花を教えたりもするようになった。

近所付き合いや食事の支度まで、使用人に細かく指示し、久しぶりに台所へ立っては、女中らと一緒に夕飯を作ったりもした。

誠志郎が亡くなるまでは、当たり前にやっていた事なのだが、今年になって入って来たカネは、「奥様って、あんなにお元気な方だったのですね」と言って目を丸くしていた。

だが、以前の十和とはそういう女だった。家事全般に目を光らせ、不手際のないように努めていた。とは言え、最近の奥方の変化に清は失望していた。これではまるで、坊ちゃまの不幸を喜んでいるみたいではないか。

これまでは十和に対し、絶大な信頼を寄せていた清だったが、その気持ちがどんどんと冷めてゆくのが否めなかった。

そうこうしているうちに、ついに小太郎が起き上がれなくなってしまった。小太郎はまるっきり生ける屍のようだった。飲まず食わずで、痩せ細っていくばかり……。

これには清も進言せずにはいられなかった。

「このままでは若様は、本当にご病気になってしまいます。何か気晴らしが必要です」

清の訴えに、十和は考え込んだ。

「気晴らしと言ったって……」

「賢樹館へやってみたらどうでしょう。賢樹館ならお友達もおりますでしょうし、元気になられるのではないでしょうか」

「……」

清の言葉に、十和の顔は曇った。

賢樹館か……。

本当は、今の小太郎を外には出したくなかった。痩せて、気力の無くなったあの子を見て、口さがない世間の連中が何を言い出すか分からなかった。

まるで、私がいたぶったようではないか。

けれど、目の前の清の真剣な眼差しを見ると、無下に出来なかった。それほど、小太郎の状態は逼迫《ひっぱく》していたのだ。

仕方ない、賢樹館に通わせようと、十和は渋々同意した。

第六章　賢樹館

賢樹館は、城下町の南側、外堀に面して建てられていた。

正門を入ると、中央に孔子廟があり、講釈を行う講堂や学寮、さまざまな武芸の稽古場、水練池《すいれんいけ》や書庫などが並んでいた。ここで学ぶのは、素読と講釈。素読とは、儒学の経書を丸暗記する初等教育の方法で、成人の家臣たちには、講釈が行われた。

年に四回、季節ごとに試験が行われ、点数が足りなければ、次の段階に上がれなかった。従って実力次第では、年少者が年長者に交じって講義を受ける、ということもあった。

また、賢樹館では、学生のやる気を促すために、五段階評価を設けていた。成績優秀者には褒美が与えられ、最低評価を下された者や、問題を起こした者には、退館が命じられた。

たとえ上級武士の跡取りといえども、成績が振るわなければ、容赦なく切り捨てられ、家督を継ぐこともままならない。なので、どの親も必死に勉強をさせるのであった。

けれど、成績次第では、下級武士の子弟たちも出世の機会が与えられるため、そういう点では、公平な制度だったと言えよう。

要するに賢樹館では、成績自体がその後の人生を左右するので、日々、皆がしのぎを削っていたという訳だ。

藩校では、あの事件以来、久しぶりに小太郎が登校するというので、友人の藤太《とうた》や為三《ためぞう》、八助《はちすけ》などが心待ちにしていたが、正門を潜って現れた小太郎を見て、言葉を失った。

小太郎は、上等の羽織に、折り目の付いた袴を着け、若党の栄之進を引き連れて登校したのはいいが、ゲッソリ痩せて覇気がなく、顔色も悪かった。

そして、左の親指には赤い糸が括りつけられていた。「なんだ、これは」と藤太が声を掛けると、さっと隠し、「なんでもない」と言う。

藤太や為三、八助も、小太郎と同じく下級武士の子供らで、下士の家が立ち並ぶ、川向こうに住んでいた。

幼い頃より仲良しで、皆でよく周りの田んぼや畑を遊び場としていた。そんな彼らが上流階級の子弟しか通えぬ賢樹館へ行けるようになったのは、現藩主、成孝になってからだ。

とは言え、周りの小綺麗な学友たちとは違って、ボロをまとった四人は、畢竟《ひっきょう》いつもつるむことに。言うまでもなく、半年前に起きたあの事件の際にも、彼らは一緒に行動していた。

藤太たちは、あの日、何が起きたのかを知る、目撃者であり証人だったのだ。

小太郎は、藤太たちを見ると、弱々しく微笑み、「元気だったか」と声を掛けた。久しぶりに再会した四人は、肩を抱き合って喜んだ。

昼休憩に入ると、小太郎の下には、三段重ねの弁当箱が届けられた。広げてみると、焼き魚や野菜の煮物、蒸し玉子など彩り豊かなおかずが詰まっている。それを見た、藤太たちは「おおーっ」と思わず声を上げた。皆、こんな贅沢な食事は、行事以外では見た事がなかったからだ。

しかし、蓋を開けた途端、小太郎は顔をしかめた。

今では岩井の家の食べ物を見るのも、口にするのも嫌だった。すべては薄味で、小太郎の口に合わなかった。

羨ましそうに見つめる友人たちに、

「腹が減っていないんだ。良かったら食べて」と、小太郎は言った。

「いいのか」

「いいよ。その代わり、お前のその握り飯をくれ」

小太郎は藤太が持っている、握り飯の包みを指差した。

「こんなのでいいのか」訝《いぶか》しがりながら藤太が差し出すと、

「これが食べたかったんだ」と小太郎は、顔をほころばせながら、思いっきりその黒い握り飯にかぶりつく。久方ぶりに、雑穀の交じった大きい握り飯は、涙が出るほど美味かった。

「うまい、うまい」小太郎は夢中で食べていた。

そんな小太郎を尻目に、藤太たちも小太郎の弁当に食らいつく。こちらは、歓声を上げながら、むしゃぶりつくのであった。

しかし、柱の陰から、そんな小太郎の様子を見て、舌打ちをしている学生たちがいた。磯部《いそべ》、蔭山《かげやま》、熊元《くまもと》の三人である。彼らは誠志郎の友人で、小太郎の事は、日頃から気に食わなかった。

彼らもまた、あの事件のあった日、現場にいたのだ。磯部らにとって、小太郎は誠志郎を殺した憎き仇だった。しかも、誠志郎を亡き者にしただけでなく、その後釜として岩井家に入り込み、まんまと家老の息子の座まで射止めたのだから、妬まれない筈もなかった。

磯部たちにとって、今や自分らと同じ立場になった小太郎の事は、これまで以上に許されざる存在となったのだ。


彼らの嫌がらせは、早速、剣術の稽古でいかんなく発揮された。武道場では、異なる年齢でも、一斉に稽古をするのが常だったからだ。

だが、あれほど強かった小太郎は、一切、竹刀を振るう事が出来ず、打ち込まれるばかりだった。

以前の小太郎なら打ち込まれたら、必ず打ち返し、身体の大きな年長者にもひけをとらず、切っ先鋭く斬り込んでいったものだが、今は決して返さず、ヒョイ、ヒョイと相手の竹刀をかわすだけで……。

それを見ていた藤太たちは驚いた。

確かに体力は以前に比べて落ちているようだが、それにしても、まるで抵抗などしないように見えるのだ。

同じことを磯部たちも感じたらしく、互いに目配せすると、蔭山が立ち上がった。そして、「小太郎、俺が相手だ」と横から割って入ると、ここぞとばかりに打ち込んできた。なすすべもなく、小太郎はかわすだけだった。

小太郎は、二度と刀は抜かないと十和に誓ったために、それを頑なに守っているのだ。

しかし、むかっ腹を立てた蔭山が、思わず「おのれ、誠志郎の仇!」と言うと、小太郎の動きはピタリと止まった。そこへすかさず、「面!」と打ち込まれ、一本取られてしまった。

「おおーっ!」

周囲の者たちは、どよめいた。小太郎が初めて打ち込まれたからだ。

やんや、やんやと喝采が起きる中、小太郎は厳しい顔つきになって下を向く。

それを見た磯部の瞳が、獲物を見つけた蛇のように、輝いたのは言うまでもなかった。

誠志郎の名を出すと、小太郎が抵抗出来ないという事が分かると、磯部たちはあからさまに、いたぶりはじめた。

彼らは、朝、小太郎と廊下ですれ違う度に、腹を殴った。夕方、帰る段になると、やはり物陰に連れ込んでは、殴る、蹴るの乱暴を働いた。

そして、

「おいおい、こんなんじゃ、死んだ誠志郎が浮かばれないだろ」

「お前みたいなのが、誠志郎の代わりに居座るとはどういう事だ」

「さては貴様、はじめからそうするつもりだったんだろう、ええ？」

などと暴言を吐きかけるのだ。

門の前では、上級武士の子弟を迎えるために、中間《ちゅうげん》たちが待っていた。

小太郎にも栄之進が迎えに来ていたが、門を出る頃には、何事もなかったかのように、衣装を整え、何食わぬ顔で出て行った。

藤太たちは、小太郎への苛めを知りながら、手出しが出来なかった。

年嵩で、身体の大きな磯部たちには、逆らえなかったのだ。

しかも、あの事件があってからは……なおさらだった。

そもそも藩校は、上流、中流武士の子弟たちが通うところで、下級武士の藤太たちが通えるところではなかった。それでも彼らが通学を許されたのは、藩校に推薦してくれる強力な人脈があったからだ。

小太郎の場合は、剣術師範を務める伯父の粟谷五郎太。藤太の場合は、教授の津田鶴丁《かくちょう》が、為三や八助にも、それぞれ後見人がついていた。通えるはずもない賢樹館で学べるだけでも有難く、その上、藩主の目に留まれば、出世は確実だった。

だが、藩校には、彼らの台頭を好ましく思わない輩も多く、嫌がらせも頻繁で、訴えても、所詮子供の喧嘩と捉えられ、大事にならないのが普通であった。

また、下級武士より上級武士の子弟たちの方が信用されており、藤太たちの言う事は取り上げて貰えない事も度々だったのだ。

賢樹館に通うようになってから、毎日のように磯部らから嫌がらせを受け、小太郎は傷だらけで帰ってくるようになった。

風呂上がり、一人傷の手当をしていると、清が薬を持ってきてくれた。

「この事を、奥様に申し上げた方がいいのでは……」

そう心配する清に、小太郎は即座に、

「母上には言わないで」と頼んだ。

小太郎にとって、磯部たちからの苛めよりも、賢樹館に行けなくなる事の方がよっぽど重要だったのだ。

そんな事がありながらも、それでも藩校へ行きはじめてから、小太郎の血色は良くなり、徐々に体力も回復してきた。ご飯も残さず食べるようになり、時にはお代わりまでするようになっていった。

それは何より、友達に会えるのが、楽しみだったからに違いなかった。


ある日、小太郎は、いつものように、附子に水やりをしていた。

附子はいつの間にか成長して、一つの茎に鳳凰の頭のような小さな蕾を、たくさんつけるようになっていた。青紫の花もちらほらとほころびはじめ、それを見ると嬉しくなった。

これで、母上がお元気になってくれれば……。

十和の体調は相変わらずで、寝たり起きたりを繰り返していた。

いつものように、雑草を取り除こうと手を伸ばすと、後ろから「危ない！」と叫ぶ声がした。振り返ると、医師の陽山が、こちらを恐ろしげに見つめていた。

「その草に触ってはなりませぬ。それは毒ですぞ！」

そう言われて、慌てて小太郎は手を引っ込めた。しかし、陽山はまだ怖い顔をして、しきりに首を捻っていた。

「なぜ、このようなものがお屋敷の庭に」

「お薬になるものだと聞きました」小太郎が答えると、

「誰がそのような事を」と血相を変えて言った。

「いえ、母上が――」と言いかけて、小太郎はすぐにその言葉を飲み込んだ。

それを見て、陽山は、思うところがあったのか、「うむ」とだけ言って、黙り込んだ。

「確かに、薬にもなる毒草もありますが、これの場合、毒性が強いので、素人が扱うには危険なのです。十分気をつけないと」と言い、

「とにかく、その草には、絶対に触ってはなりませぬぞ」そう厳しく注意するのであった。

陽山の後ろ姿を見送りながら、
母上はこれが毒草だと知っていた？

まさか……。

小太郎の心は千々に乱れた。

信じたくはなかったが、今、医者に言われて、初めて小さな疑念が湧き起こってきた。

母上はこれを毒草と知りながら、私に世話をさせたのだ。

一体、なぜ？

そう考えて、小太郎は十和の意図に、ハタと気がつき震えた。

母上は、私を殺そうとしておられるのか？

そう思うと、さっきまで愛おしかった花が、急に恐ろしく感じられ、高揚とした気持ちがしぼんでいった。

そうなると、今まで考えたくなかったが、下着に刺してあった針とか、桃の棘の入った水とか、そういったものが、すべて十和のはかりごとのような気がしてくるのだ。

そんな事は考えたくはなかったが、そう思わざるを得なかった。

母上がそこまで私を嫌っておられたとは……。

ビュユユユユユウ。

青ざめた小太郎の身体に、突如、冷たい風が吹き抜けていく気がした。

藩校での苛めは、日に日に酷くなっていった。

小太郎の生傷は絶えなくなった。何故かと言うと、校内だけではなく、帰り道も待ち伏せされるようになったからだ。

事の発端は、友人たちと少しでも長く、一緒に居たかった小太郎が、栄之進の迎えを断ったことにあった。

「私は友人たちと帰るので、これからはもう迎えに来なくて結構です」と。

しかし、これが逆に、磯部たちに隙を与えてしまうことになってしまった。

藤太たちと一緒に帰るには、外堀に架かった万永橋を通らねばならず、それを越えた辺りに磯部らは潜んでいて、小太郎たちが来るのを、いまかいまかと待ち構えていたのだ。

一計を案じて、道を変えると、しばらくはいいが、すぐさま見つかってしまう。その繰り返しだった。

ある日、ここは大丈夫だろうと、人通りの多い御成道を歩いていると、「小太郎！」と呼ぶ声がした。それは近くの茶屋で待ち伏せしていた磯部たちで、小太郎は、他の三人に目配せすると、一斉に別々の道へと駆け出した。

「待てーッ」

たちどころに、磯部たちの声が追いかけてきた。

小太郎は、町中を流れる霞川沿いを、一心不乱に走り抜けていった。行き交う人々が何事かと振り返るが、そんな事、気にしちゃあいられない。

「坊ちゃん」という声がして、ちらと見ると、天秤棒を担いだ、魚屋の七平の姿が目に入る。

しかし、挨拶もそこそこに、再び走り出す。

こうして、毎日のように、町中を追い掛け回される小太郎だが、どうしても通れない場所があった。それは、二ツ木川に架かる曙橋近くの路地裏だった。

どうしても、その方角だけは、足が向かないのであった。

友人の苦境を、藤太たちが手をこまねて、見ていた訳ではなかった。

なんとか、小太郎を守ろうとはしていたが、実際に物陰に連れ込まれて、殴られている所を見ると、恐ろしくて手が出せなかった。

身体の大きな磯部たちに、歯向かう勇気などなかったし、第一、彼らは上級生なのだ。黙って見守るしかなかった。

藤太は、日に日に増えていく、小太郎の傷を見て心配し、「大丈夫か」と声をかけるが、「なんのこれしき」と笑っている。

そうは言っても、無理をしているのは明らかだった。そして、前々から疑問に思っていた事をぶつけてみた。

「なぜ、反撃しないのだ」と。

「以前のお前なら、あんな奴ら、どうという事はなかったのに」

しかし、小太郎は返事をしなかった。

藤太は、小太郎の左手を摑むと、親指の赤い糸を指し、「これのせいか」と聞いた。

「そうではない」と小太郎は藤太の腕を振り払った。

「その糸のせいで、お前は抵抗が出来ないのだろう」

「違うってば」

「それは誰がやったんだ」

小太郎は押し黙る。

「まさか、お母上が？」ハッと気づき、驚きの声を上げると、

「違うってば。もうほっといてくれ」

そう言って小太郎は、藤太を押しのけ、学《まな》び舎《や》を出て行くのであった。

そんな折、剣術の稽古中に、ふいに城代家老の金山在光が家臣らを連れて現れた。

そして、その場で、抜き打ちの簡易試合が行われることになった。

藩主の成孝公は、武術をこよなく愛し、よくこの抜き打ち試合を行ったものだが、今や家老の金山様が、そのお役目を果たしているのだった。

今回の試合は、年齢に関係なく対戦する勝ち抜き戦で、東西に分かれてはじまった。端から指名されて戦っていくが、試合は一進一退の攻防戦となった。

やがて、小太郎の番になった。

だが、小太郎は、ご家老の目の前にも拘らず、いつもの如く反撃せずに、のらりくらりと竹刀をかわすだけだった。

「金山様の御前であるぞ！　真面目にやらんか」

業を煮やした師範から、そう檄《げき》が飛ぶと、急に我に返ったようになった小太郎は、打ち込んできた相手の足を軽く払った。前につんのめった相手は、大きな音を立てて倒れた。

「ほう」というような溜息とともに、見物席からは拍手が起こった。

小さな小太郎が体格差のある上級生を、軽々と倒したのだ。しかも竹刀も交えずに。これこそ力の無いものが、巨木を倒す見事な戦法だった。

それを見ていた磯部が、隣に座っていた熊元に何事か耳打ちした。うなずいた熊元は手を上げた。

「次、お願いします」

巨漢の熊元が小太郎の前に立つと、なんだか大人と子供のようだった。

しかし、日頃、殴られているだけに、小太郎も負けてはいられなかった。公開試合はかつてない鬱憤晴らしの良い機会だった。熊元に対峙すると、小太郎は唾を呑み、丹田に力を入れた。

「はじめ！」

掛け声とともに、竹刀と竹刀とが激しくぶつかり合った。

力では押され気味ながら、いざとなるとひらりと交わす小太郎に、熊元は翻弄され続け、いつの間にか息切れをするようになっていた。

だが、何度目かのぶつかり合いの時、汗だくの熊元は小太郎の耳元で囁いた。

「誠志郎が今のお前を見たら、どう思うかな」

「――！」

「さぞ悔しかろうよ。この、ニ・セ・モ・ノが！」

それを聞くと、小太郎の動きが止まった。そこをすかさず打ち込まれ、倒れたところを更に熊元が容赦なく叩きのめしていく。

「やめ、やめぃッ」慌てて師範が止めに入った。

道場内がざわついていた。

目前の惨状もさることながら、これまで誰にも勝ちを譲ったことのない小太郎が敗れ、しかもなんの抵抗もせず、転がっているのだ。

家老の金山は、しきりに首を傾げているが、後ろに控えていた役人に耳打ちされ、そして「ああ」と納得したように眉を顰めた。

周りの人々に助け起こされた小太郎は、自分に向けられた視線から、憐れみのようなものを感じ、急に恥ずかしくなった。

磯部や蔭山は、そんな小太郎をにやにやしながら、見ているのであった。

試合後、小太郎は、伯父の五郎太に言われて、一人道場に残されていた。座禅を組み、黙想をしていると、いつの間にか、五郎太が来て面前に座った。

伯父は笑顔を作ると、「岩井家での待遇はどうか」と尋ねた。

「奥方様や旦那様によくしてもらっているか」と。

足を組み直し、正座をした小太郎は、

「はい、とてもよくしてもらっています」と答えた。

「そうか」と言いながら、五郎太は、小太郎の左手に目が留まった。親指の第一関節には赤い糸が巻き付けてある。

それを見て、五郎太は、全てを悟ったかのように、小さく溜息をついた。

「小太郎、お前も苦労しているのだなぁ」

そう言って、しみじみと自分を見つめる伯父に、小太郎は、何一つ言葉を返せずにいた。

「しかし、それとこれとは別だぞ。剣術の稽古もしっかり励まなければ、お主を助けてくださった岩井殿の面目も立たないではないか」

瞬時に厳しい顔になった五郎太は、そう言って叱った。

「……」

小太郎は、伯父の屋敷で今にも切腹しようとしていた時に、息せき切って走ってきた長弼の姿を思い出した。

お腹の突き出た男で、人の良さそうな丸顔をしていた。後ろに控えていた十和が、痩せてひょろりと背が高く、狐のように細面だったので、より対照的に見えたのだ。まるで狸と狐の夫婦だと。

長弼は汗を掻き掻き、周りの者に何事かを言っていた。小太郎にはよく聞こえなかったが、一所懸命に何かを訴える様子に、見る見るうちに、両親や役人たちの顔付きが、驚きに変わっていった。

ピリピリした空気が、一気に変わった瞬間だった。

その長弼のためにも、小太郎は、彼らの望む通りの、子供にならなければならなかった。期待に応えなければならなかったのだ。しかし、それが重荷で、今にも押しつぶされそうな気がしている事も確かで……。その相反する気持ちに小太郎は、いつも心が痺れるような感覚がしていた。

「岩井殿のお陰で、谷田家はお取り潰しを免れた。本当なら、あの時、お前は切腹。お前の両親や弟妹たちもこの地から追放され、親子バラバラになっていた可能性だってあるのだ」

小太郎は顔を伏せた。面目なかった。

「だが、岩井殿は、自分の息子を殺めたお前を許し、寛大にも自分の跡取りにするとまで言ってくださったのだ」

「そのお気持ちに、嘘偽りはない筈。お前は、そのご恩に報いなければならないのだぞ。これまで以上に、頑張らなければならないのだ」

「はい」

「分かったな。それに、これは谷田の家にも関わる話だぞ。お前が頑張らねば、いつ何時、お前の家族に、災難がふりかかるやもしれんのだ」

小太郎は何も言えなかった。

「だから、お前は耐えなければならない。父や母や弟妹たちのためにもな」

「ははーっ」

小太郎は、額を擦りつけんばかりにして頭を下げた。

五郎太の話はすべて本当の事だった。

伯父には叱られたが、だからと言って、剣術の稽古に身が入る訳ではなかった。

竹刀を持ったびに、木刀を持ったびに、左の親指に巻き付けられた赤い糸が、キリキリと小太郎を締め付けた。親指と同時に心も痛んだ。

打てば、十和との約束を破る事になり、打たねば、長弼や伯父の期待に背くことになる。小太郎の胸中は複雑だった。

魚屋の七平が、いつものように岩井家の裏門へ回ると、見かけない子供らがうろうろしていた。七平が来ると、「おい」などと合図をし合い、蜘蛛の子を散らすように逃げて行く。七平は不審に思った。

台所に行くと、清がいて、

「今日の鯖《さば》は、本当に活きがいいんだろうね」などと軽口を叩いた。

「当たり前でさぁ。あっしを誰だと思っているんですか。御城下に、七平ありと言われた男ですぜ。そんじょそこらの魚屋と一緒にしないでくださいな」

そう言って笑った。

「そういや」とふと気になった七平は言った。

「最近、坊ちゃまはお元気ですか」

「元気よ、どうして」

清は怪訝な顔をした。

「いやね、あれは、確かに、こちらの坊ちゃまだったと思いますが、磯部様のご子息たちに追い回されていたので、ご無事だったのかなぁと思いまして」

「えっ?」清は息を吞んだ。

「今も、外に、二、三人の子供たちが、うろうろしていたものですから」

清は思わず、裏口から外へ出て見てみるが、人影は消えていた。

だが、清は、もう黙ってはいられなかった。七平に言われるまでもなく、小太郎が酷い目に遭っている事は、清も承知していたからだ。

そして、それはもう、見逃せないくらい、清の中で大きくなっていたのだ。


すぐさま、清は十和に進言した。

「奥様、このような事を私の口から言うのは、差し出がましいことではございますが」そう前置きしながら、

「小太郎様が、賢樹館にて他のお子様たちに、苛めを受けているようなのです。今まで小太郎様に止められていたので、黙っていたのですが、もう我慢できません」

堰を切ったように、清は喋りはじめた。

「苛めているお子様たちは、皆、誠志郎様のご学友らしくて」

「……」

「こちらから藩校の方へ、お話をされた方が良いのではないでしょうか」

そう一気呵成に話して、清は十和からの返答を待った。

だが、いつまで経っても、十和からの反応はなかった。十和は混乱しているようだった。

誠志郎の友人たちが、小太郎に辛く当たっているですって⁉

その事が俄には信じられなかった。そんなに誠志郎思いの友人たちだっただろうか。私にはそうは見えなかったが……と十和は記憶を巡らせた。

葬式には来たが、彼らはなんだか罰の悪そうな顔で、気まずそうにしているだけだった。以前から、十和は、磯部や蔭山のような不良子弟とは仲良くなって欲しくはなかった。彼らは誠志郎を持ち上げはするが、いずれも素行が悪く、とても友達とは言えない者たちばかりだったからだ。


その時、廊下に房が来て告げた。

「粟谷様とおっしゃる方がお見えです」

十和と清は思わず顔を見合わせた。

五郎太が来た？　何ゆえに？

「お通しせよ」

とは言ったものの、十和の顔に緊張が走った。

十和は、この小太郎の伯父が苦手だった。会ったのは二度ほどだが、剣豪の性《さが》なの

かすべてを見通すような、刺すような、不躾な眼差しで、こちらを見てくる。何も言

葉を発しないが、それがかえって不安を煽るのだ。何の用かは知らないが、おそらく、

十和が小太郎にしていることを耳にでもしたのだろう。

十和は、しっかりせねばと、息を一つつくと、覚悟を決めて客間へと向かった。

客間にて——。

十和と五郎太は、挨拶を終えると、互いに牽制しつつ、さっきから何気ない会話を

続けていた。だが、五郎太が、十和の様子を見に来たことは明らかだった。大方、養

子に入った小太郎との関係を、どう築いているのか、その辺りを探りに来たのだろう。

「時に——」とすぐ話題を変えてきた。

「最近、小太郎が剣術の稽古に身を入れずに困っております」

五郎太は臆せず、まっすぐに十和の目を覗き込んできた。

十和は、驚く振りをしながら、「まあ」と袖を口に当てて言った。

「当家では、若党相手に稽古はさせておるのですが」

「そうですか」と五郎太は言い、先日の賢樹館の試合では、何の反撃もせずに、ただ逃げ回るだけだと語った。

「しかも、城代家老金山様の御前で、完膚なきまでに叩きのめされたのです。このような事は、今までになかったことです」

「まあ」十和は、今度は本当に驚いた。

小太郎に刀を抜くなとは言ったが、反撃をするなとは言っていなかった。

「それは何故ですか」五郎太は率直に聞いてきた。

何故って……と、戸惑う十和に、

「何故、小太郎は戦わないのですか」と五郎太は、あくまで追及の手を緩めなかった。

「さあ、どうしてでしょう」十和は白を切った。

だが、狼狽しつつ、それよりも十和は、小太郎が打ち負かされたという事の方が気に掛かっていた。

あやつは、本当は強いくせに、わざと手を抜いて負けているのだ。何という当てつけ、私の顔に泥を塗って——。内心カッとした。

小太郎が負けるという事は、ひいては、この岩井家が負けるという事！　代々家老職を継ぐこの家に、そんな事は許されないのです！　岩井の当主となる者は、誰よりも強く、賢く、秀でていなければならないのです！


冷静さを失い、動揺している十和を、五郎太は横目で見ながら、

「もしや、奥方様は、何か小太郎に呪いをかけてはおられませんか」と言った。

「呪い？　ですか」

思いがけないことを言われ、十和はきょとんとした。

「はい。剣を抜くな、とでも言うような」

「まさか、そのような事は……」

「そうですか。それなら良いのですが」

うろたえる十和に、五郎太は顔色一つ変えなかった。

「とにかく、小太郎は、本来の力を発揮出来ていません。勉学の方も今一つで……。今度の試験では、最年少での小学上等科への進級が掛かっているというのに、困ったものです」

十和は驚いた。そんな話は初耳だった。

しかも、小学の上等科なんて、誠志郎だって昨年受かったばかりだと言うのに……。

「小太郎は、岩井様たっての願いで養子にやった身。本来ならば、すでにこの世には

無かった命です。その事には感謝してもしきれないほどですが」

十和は小さく頷いた。

「それでも、万が一、小太郎の身に何かあれば、私も黙ってはいないつもりです」

「……」

最後は、五郎太の脅しともとれる言葉だった。

それに対し、十和は返す言葉も見当たらないのであった。


五郎太が帰った後、十和は怒りを抑えきれずにいた。

「あやつめ、あやつめ、なんと無礼な」そう言いながら地団駄を踏み、

「たかが、一介の剣術師範ごときが、この岩井家の奥である私に、意見するつもりかッ！」

と身体を震わせるのであった。

自室に戻っても、まだ十和の怒りは収まらなかった。

十和は、五郎太の、猜疑心に満ちた視線を振り払うかのように、落ち着きなく部屋の中を歩き回った。

最初っから、疑いの眼を向けられた事に対する、不快感を拭えなかった。

十和は長火鉢の前に音を立てて座ると、悔しくてつい爪を嚙み、じっと何かを考えていた。

しかし、五郎太への怒りが徐々に収まってくると、今度は小太郎への憎しみが湧いてきた。あやつは、剣術の試合を放棄しているという。

もちろん、それは、私との約束を守っての事だろうが、それにしても抵抗さえしないとは……。ふざけている！

十和には、小太郎が、自分への当てつけで、わざとそんな事をやっているとしか思えなかった。

赤い糸で自分の力を封じた、十和に対する嫌がらせだと。

十和は目をつぶり、心の中で叫んでいた。

お前が、剣術が強いというなら、それを証明してみなさいよ！

私の前で、それをやってみせなさいよ！　と。

その日、藩校から帰って来た小太郎は、荷物を置く暇もなく、十和の部屋へ呼ばれた。

五郎太に苦言を呈された事が、よほど頭に来たのか、小太郎を見るなり、十和は険しい顔で叱責した。

「先ほど、伯父上の粟谷五郎太殿がこちらへ見えた」

小太郎は驚いて顔を上げた。

まさか、伯父上が、母上に報告するなど、考えもしなかったのだ。

「お前は、賢樹館では、一切竹刀を交えていないそうではないか！」

「申し訳ございません！」

小太郎はすぐさま頭を下げた。

またか！　十和はうんざりした。

お前には真心があるのか、頭だけ下げればいいと思っているのか。

私を馬鹿にしおって、とカチンときた。

「私に恥をかかせるつもりかッ！　何故立ち向かわぬのだ、それでも男子か！」

十和の憤りは頂点に達した。

「情けない。私たちは、お前が優秀だというから、助けてやったのに」

小太郎はそれを聞いて驚愕した。

「その報いがこれか！」

「……」

もちろん、小太郎だって、自分がただの温情で、助けられたとは思っていなかったが、そんな思惑があったとは……。

しかも、母上の方から二度と剣を抜くなと言われたのに、今度は勝て！　と言われる。あまりにも理不尽な物言いに、小太郎の唇はワナワナと震えたが、口答えするのは憚《はばか》られた。

十和に——、いや、誠志郎様の御母堂に、そんな不満を言うなんて、身の程知らずだった。また、そういう立場に自分はないと思っていた。

何も言わず、ただかしこまっているだけの小太郎に、十和は、

「よいな、次の試合では必ず勝ちなさい！　そして、勉学の面でも決して劣ってはなりません！　岩井の面子にかけても。しかも、次の試験では、上等科への進級が掛かっているそうではないか。絶対に合格しなさい！　決して気を抜かないように」

そう叱咤激励をするのだ。

その夜。

小太郎は、土蔵に入れられた。

それは、十和から、「今夜は、土蔵で反省していなさい」と言われたからだ。

清が夕飯を運んできてくれたが、食欲は湧かなかった。

真っ暗な蔵の中。小窓から昇る月を眺めながら、どうしたらいいのだろうと、小太郎はぼーっと考えていた。

刀を抜けば、十和との約束を破ることになる。かと言って、いつまでも逃げ続ける訳にもいかなかった。磯部たちの苛めはますます熾烈になっていた。

それだけではなく、進級試験も迫っていた。最年少での上等科への進級が掛かっているのだ。これまで以上に頑張らなければならなかった。

「……」

小太郎は、三日月のほっそりした形を見やりつつ、自分に課せられた荷の重さに、知らず知らずのうちに溜息をつくのであった。


翌日、小太郎は、朝早く屋敷を出た。

一晩考えて、やはり伯父の五郎太に、教えを乞うべきだと思ったのだ。

小太郎は、子供の頃より通い慣れた、町人地にある五郎太の道場へ行くと、刀を抜かずに相手を負かす方法を伝授して欲しいと頼み込んだ。

早朝にも拘らず、伯父は快く引き受けてくれ、早速、その日から練習を始める事になった。

第七章　鬼母

季節は初秋になり、まだまだ暑さは厳しいものの、朝晩は涼しさも感じられるようになっていた。

その日、十和は下女のカネを伴って、いつものように墓参りに出かけた。

菩提寺に行くためには、外堀の西側にある万永橋を渡って町人地へ出るのが早道だが、今日は、花を用意できなかったため、中央にある総門の方から御成道へと出た。

御成道は、藩主が参勤交代で使う道で、幅も広く取られており、両脇には呉服屋や米屋、料理屋、薬屋など幾種類もの店が並んでいた。十和が贔屓にしている花屋は、御成道から横丁に入った、紅屋通りにあった。

十和が大通りを歩くという事は、ここ最近なかったことだ。あの事件があってからというもの、十和は極力外出を控えていたし、人の視線も避けていた。

同情されるにせよ、賞賛されるにせよ、気が晴れる事はなかった。十和の心の傷は未だに深くえぐられており、誰にも触れられたくなかった。なるべく自分や誠志郎を知っている者には会いたくなかった。

それでも、今日、御成道へ出てきたのは、やはり空が突き抜けるほど青く、清浄だったからに違いない。この天気の下、久しぶりに町中を歩いて見たくなったのだ。

しかし、大通りを歩きはじめて、すぐに十和は後悔した。

というのも、たくさんの人や車が行き交い、思った以上に騒々しかったからだ。

店先から大声で客引きをする小僧に、それを冷やかす客たち。その横を天秤棒を担いだ物売りが、勢いよく走り抜けたかと思うと、茶屋でのんびり甘酒を飲む者もいる。お使い途中の女中や、買い物をする男女で、道はごった返し活気に溢れていた。以前の十和なら、何でもない光景だったが、今では、耐えられない程の刺激となって、襲い掛かってきた。

気分が悪くなり、急いで紅屋通りへ曲がろうとしたその時、どうしたことか十和の目は、幼子を連れた一人の中年女に吸い寄せられた。

それは、小太郎の母、セキだった。

買い物の途中なのか、よろず屋の前で、「あれがいい、これがいい」と品定めをしている。娘と息子は、飴を舐めつつ、玩具の絵双紙を前に楽しそうにしている。子どもたちは晴れ着を着て、親戚の集まりにでも出かけた帰りのようだった。

セキ自身は、あまり着飾らずに普段着で、今朝、結ったであろう髪には、おくれ毛が目立っていた。痩せて顔色も悪く、弱々しい感じがした。その乱れたうなじの形が白く、細く、小太郎によく似ていた。

それだけでも、十和の怒りに火がつくには、十分だった。

噂では、セキ自身も小太郎の事件が尾を引いて、同じように体調を崩していると聞いていた。しかし、今、楽しそうに、我が子におやつなどを買い与えている様子を見ると、十和の心は憤怒に燃えた。

私は、もう二度と息子に、買い食いなどさせてやれないというのに、この女は、この女には、それが出来るのだ！　ああ、神様はなんと不公平なのだろうか……。

十和の鼓動は、早鐘のようになった。

やがてその音が、周りの音を掻き消すくらい大きくなると、急に十和は、足早になり、まるで何かに引き寄せられたかのように、セキに突進していった。

異変を感じてセキが振り返ると、時すでに遅し！　十和が力強く肩をぶつけて来た。

ドン！

大きな音がして、セキは地面にしりもちをついた。

しかし、十和は振り返らずに、そのまま立ち去った。あとに続く下女のカネが、驚いたようにセキを見て頭を下げるが、「奥様、奥様」と慌てて、その後を追っていった。

セキは泣きそうな顔で、二人の後ろ姿を見ていた。

側にいた幼子たちは、母の受難を見て泣き出してしまった。やがて遠巻きにしていた人々が三々五々集まってきて、セキを助け起こすと、十和の方を指差し、何やらヒソヒソと話し出すのだ。


その日から、また十和は寝込んでしまった。

セキにあんなことをするべきではなかった。あれを見た者がどう思ったか。けれど、十和には、どうにも我慢がならなかったのだ。我が子を殺された私が、こんなにも苦しんでいるというのに、殺した方がのうのうと生きているなんて……。

そんな事がまかり通っていいものか！

「それでも、やるべきではなかった」と十和は反省していた。

私はいつから、こんな人間になり下がってしまったのだろうか。これではまるで、罪を犯した者と同じではないかなどと思いながら、うつらうつらと布団の中で過ごしていた。

セキに申し訳ないという気持ちと、いや、ああされて当然なのだ、という気持ちがせめぎ合い、十和を苦しめた。

そんなある日、ようやく布団を上げた十和が、鏡を覗くと、そこには、驚くほどやつれた自分の顔が見えた。

「しっかりしなくては」と思い、久しぶりに化粧をした。

顔色の悪さも、これで少しは隠せるような気がした。


そんな十和の様子を見て、清は迷っていた。

以前、一度、坊ちゃまの件で、十和に進言した事があったが、取り上げては貰えなかった。

だが、ここ最近の若様は、前にも増してあざや生傷が、絶えなくなってしまっていた。奥様の体調の良さそうな今日ならば、伝えても良いのではないかと考えていた。

しかし、小太郎からは、あくまでも、「母上には黙っておいてくれ」と釘を刺されている。

「私は、大丈夫だから」と。

小太郎は、十和に告げられて、また面倒な事になるのを恐れていたのだ。

そうは言っても、清にはもう放っておくことも出来ずに、十和の部屋へ行き、ご機嫌を伺いながら、「実は……」と言いかけると、廊下に房がやって来た。

「奥様、小太郎様のご学友という方たちが、来ておられます」

清は、ハッとして身構えた。

五郎太が訪ねて来た時も、屋敷の周りをうろちょろする、子供らがいたからだ。

十和も驚いたように顔を上げるが、「通せ」と言った。


客間では、藤太、為三、八助の三人が、広い座敷にやや緊張気味に座っていた。

彼らは、てっきり裏口から、通されるものだとばかり思っていたのだが、立派な長屋門に案内されて、おっかなびっくり、及び腰でここまでやって来たのだ。

自分たちのような子供に対し、これほど丁重に扱ってくれる大人はいなかったので、三人は岩井の母君とは、一体どのようなお方であろうかと密かに思っていた。

出された茶や菓子にも手をつけずに待っていると、やがて十和が現れた。

痩せて顔色が悪く、そのせいか目が大きく見えるが、一分の隙もない身のこなしは、さすが大家の奥方にふさわしいものだった。もし、今、自分が刀を突き出したら、すぐさま弾かれそうだなと藤太は思った。

ついつい藤太は、自分の母親と比べてしまった。身なりも構わず、忙しく立ち働く母の指は、ゴツゴツと節くれだち、腰回りもどっしりとして、決して美しくはなかったけれど、その胸は広くて温かくて、いつでも藤太を抱きしめてくれるのだ。

小太郎は幸せだろうか。

ふとそんな事が、頭をよぎった。

「小太郎のお友達ですか」

十和が尋ねると、藤太たちは、互いに顔を見合わせてうなずいた。そして、

「お母君は、ご存知ないかもしれませんが」と言って、小太郎が藩校で、上級生の磯部たちから苛められていると訴えた。

「そのせいで、小太郎は実力が出せずに今日の進級試験に受からなかったのです」

十和のこめかみがピクリと動いた。

「受からなかった？」

「はい」

「……」

十和の顔色が変わったことに、藤太たちは気づかなかった。

「昔の小太郎なら、こんな事はなかったのです。だから、今、磯部様たちに反撃しないのは、もしかすると、お母君が止めているのではないか、などと私どもも考えまして、今日、思い切ってやってきた次第です」

そして、三人で土下座をすると、

「もし、小太郎が、誠志郎様を討ったことを、恨みに思っているのなら、それは間違いです」と言った。

「我々は、誠志郎様から、日頃より嫌がらせを受けていたのです」

「そうです」と為三や八助も同調する。

「だから、お母君、小太郎を許してやってください。そして、小太郎に反撃するように言ってやってください。昔の小太郎に戻るように言ってください」

為三や八助も横から口を出す。

「彼らからの嫌がらせのせいで、小太郎は実力が発揮できないのです」

「そうなのです。お母君、どうかお許しください。誠志郎様が亡くなったのは、小太郎のせいだけではありません。あの場にいた私達も悪いのです。止められなかった私達全員も」

それを聞くと、十和は驚いた顔になった。

藤太が顔を上げ、言いにくそうに、自分たちもあの事件の日に、あの場所にいて、逐一、見ていたのだと話しはじめた。

そして、自分たち年少の者が、いかに賢樹館で上級生から苛めを受けていたかと言い、

「特に、こちらの誠志郎様や磯部様、蔭山様、熊元様には、藩校の内外で乱暴をされていたのです」と十和の目を見ながら訴えた。

十和は黙っていた。藤太は続けた。

「あの日も、城代家老の金山様が急に藩校へお越しになり、御前試合が行われることになったのです。それで、たまたま誠志郎様に小太郎が当たってしまったのです」

「……」

「もちろん、誠志郎様も実力はおありでしたが、いかんせん、小太郎には敵わず、負けてしまわれて……。その帰り道、我々は、誠志郎様たちに待ち伏せされて乱暴を受け、たまらず、小太郎が刀を抜いたのです」

十和は、ハッと息を呑んだ。

「だから、決して、小太郎のせいだけではないのです。どうかそれを分かってくださ

い。どうか私達を、お許しください」

それだけ言うと、藤太らは、再び頭を下げた。

十和は、憮然とした表情で、彼らを眺めるだけだった。

少しの間、黙っていた十和だが、やがてにっこり笑うと、三人に向かって、

「よく分かりました。小太郎には、しかと申しつけますゆえ。今日のところは、どうぞお帰りください」と言った。

それを聞くと、藤太たちはホッとして、安堵の溜息を漏らすのだ。


岩井家の屋敷を辞する時、子供らは土産に菓子まで貰った。

藤太は、十和がどんなに恐ろしい女だろうかと思っていたが、実際に会ってみると、とても美しくて品があり、優しい母親だということに、拍子抜けしていた。そして、これで、小太郎も許されて、元に戻れるだろうと安心した。

思い切って、十和に話して良かったと、そう考えていた。

だが、藤太たちが帰ると、十和の顔つきが一変した。

これまで常に首位を守ってきた小太郎が、我が家へ来てから、進級試験に落ちたただ

と？　これは私に対する嫌がらせではないか——。

十和は、爪を噛みながら、ブツブツ独り言をつぶやいていた。

「その上、誠志郎に苛められていただと？　知りもしないくせに、よくもまあ、のうのうと。殺された誠志郎の母である、私に向かって、よくもそんな事が言えたものだ」

十和は、藤太の口ぶりに怒りを隠せなかった。

誠志郎が苛めていただと？

殺されたのは、こちらだというのに、死人に口なしと言う訳か。

小太郎め、周囲にそんな事を言い振らしていたのか。

これまでは、たとえ難しくとも、小太郎を、許そう、許そうと、努力してきたつもりだったが、子供の藤太にまでそんな事を言われて、十和は顔から火が出るほど恥ずかしかった。

そして、その怒りの矛先は当然ながら、小太郎へと向かった。

「おのれ、小太郎め、よくも私に恥をかかせたな。許すまじ！」

十和の瞳は復讐に燃えていた。

あれほど勉強したにも拘らず、小太郎は進級試験に落ちてしまった。

これで賢樹館の最年少進級記録を、更新することは叶わなくなった。

この事を十和に言う事は憚られた。言えば、どれほどのお叱りを受けるだろうと思ったのだ。まさか、藤太たちが自分を慮って、先に十和に伝えていたとは露知らず、小太郎は憂鬱な気持ちで学堂を出た。

ぐずぐずしていたので、家へ帰り着く頃には、すっかり暗くなっていた。すぐに十和の部屋へ行き報告をした。いつにも増して不機嫌な十和は、

「知っています」と冷たく言い放った。

その返事に驚いた小太郎に、

「お前の友人たちが教えてくれました」と言った。

「お前は、友達が言わなければ、黙っているつもりではなかったのか」

「いいえ、そのような事は……」

慌てて首を振る小太郎に、

「嘘をつけ！」と大音声がしたかと思うと、何かが飛んできた。

ガシャン！

それは小太郎の頬を掠めて、庭に落ちて砕け散った。

床の間に飾ってあった壺を、十和が投げつけたのだ。

突然の事に、言葉も出ない小太郎に向かって、十和の罵声が響いた。

「お前は、わざとやっているのだ！　私の面子を潰すために」

「いいえ、決してそのような事は」

「それなら、何故死ぬ気でやらない！　どこかで私を、ひいては、この岩井の家を愚弄しているからであろう」

小太郎は廊下に頭をつき、平伏した。

「申し訳ございません！」

「この恩知らずめ！　こんな恥をかくために、お前の命を助けたのではないわ」

小太郎は床に頭を擦り付けるばかりで、何も言わない。

ええい！

その様子を見ていると、十和はますます頭に血が上った。

こやつ、真剣ではないな。

乱暴に立ち上がると、十和は梁に掛けてある長刀《なぎなた》を摑むと、勢いよく小太郎の前に突き出した。

ビュン！

風を切る音がして、小太郎の後ろに控えていた清は、仰天した。

「お、奥様……！」

しかし、小太郎は身じろぎ一つしなかった。目の前に刃があるというのに。

それが更に、十和を逆上させた。

長刀をぐるりと反転させると、今度は、柄の部分で小太郎を打擲《ちょうちゃく》しはじめたのだ。

「このうつけ！　たわけ！　腰抜けめ！」

「何故、私の言う通りにしないのかッ！」

「この、馬鹿、馬鹿！　大馬鹿者！」

小太郎は、叩かれながらも、微動だにしなかった。

ひたすら、「申し訳ございません」と謝っている。

否が応でも感情が高ぶり、十和は、手を止めずに叩き続けた。

「こんな事では、岩井の家督など、お前なんぞに譲れぬわ」

「お前なんかに、お前なんかに……」

「誠志郎を返せ、誠志郎を！　誠志郎がおれば、こんな事にはならなかったのに」

叫びながら、いつの間にか、十和の目からは、涙がこぼれ落ちていた。

本来ならば、お前などとっくに処刑されていたのに……。生きてはいなかったのに……。そう思うと、憎らしくて、口惜しくて、つい長刀を持つ手に力が入ってしまい、最後には、柄が真ん中から折れて、半分庭へ飛んでいった。

ぐったりしている小太郎は、うめき声を立てる事も出来ない。

「おやめください、奥様！　死んでしまいます」

ようやく清が、十和を止めに入った。

気がつくと、十和と小太郎の周りを、使用人らが取り囲み、固唾を呑んで見守っていた。誰も彼もが、小太郎を同情的な目で見ており、言葉を発する者などいなかった。そして、十和の方を見向きもしなかった。

十和には、彼らの視線の意味が痛いほど分かっていた。

それは、自分への非難だった。足元を見ると、小太郎がひん死の状態でうずくまっている。その様子を見ると、十和は急に恐ろしくなった。自分がやった事なのに、とんでもないことをしたと、震えがきてしまったのだ。

「……」

ごくりと唾を呑み込むと、

「分かったな。これでもう、手を抜くでないぞ」

そう言い捨てると、半分になった長刀をカランと床に投げ捨てて、十和は部屋から出て行った。

「坊ちゃまッ！」

後ろから悲鳴のような、清の声が聞こえてきた。

ふらふらと仏間にやって来た十和は、仏壇の前に来ると、へたり込んだ。

隣室は、ちょっとの間騒がしかったが、今では物音一つせずにシンと静まり返っている。

誠志郎の戒名の書かれた、位牌をぼんやり見つめるうちに、一人でに涙が溢れてきた。

「どうして、どうして、誰も私の気持ちを分かってくれないの……」

力なくつぶやいた。

「どうして……」

十和には分かっていた。今の自分が他人からどう映っているのかを。まだ年若の小太郎を打ちつけるなど正気の沙汰ではない。あの場の誰もが小太郎の味方だった。自分に同情する者など、一人もいなかった。

それはそうだろう。傍目には、私の方が悪いように見えるのだから。子供を折檻している鬼母のように見えるのだから。けれど、私には、どうしても、小太郎に対する怒りが抑え切れなかった。やってはいけないと知りつつも、それでも、抑えられなかったのだ。

そんな私の気持ちなど、到底理解できないだろう。

そう思うと、十和は絶望的な気持ちになるのだ。

自分がこんなにも残酷な人間だなんて……。

それは、認めたくない事実だった。そして、その事が、十和自身をも苦しめていた。

そんな風に考えてはいけない、あの子を愛さなければ……、そう思えば思うほど、拒絶する気持ちの方が、日に日に増していく。

そして、優しく出来ない、自分をも責めていたのだ。

どす黒い思いは、やがて以前の自分を塗り替えて、全く違う人間にしてしまったようだった。

憎しみは、何を言っても抵抗しない小太郎や、その母、セキを見るにつけ、あくなき復讐心を燃やし続けた。

誰か、止めて！　私を止めて！　私を助けて！

心の中で叫んでいるのに、怒りは胸の奥に、とぐろを巻いて座っており、何かあれば報復しようと機会を窺っているのだ。

十和は、自分の錯乱した気持ちを、どう表現すればいいのか分からなかった。

私の方が、子どもを殺された被害者なのに、なんだか悪い事をしたみたいだわ……。

どうした事か十和は、いつも自分だけが、周囲から非難されているような、そんな気分に襲われるのだ。

そんな十和の気持ちを、慰めるものは何もなかった。

十和は惨めな気持ちで、いつまでも仏壇の前でうずくまっていた。

そうやって夜が明けるまで、肩を落として泣き明かすのだった。


翌日、元気のないまま、小太郎は藩校へ向かった。

昨晩、十和から打ち据えられた傷痕が、熱を持ち痛んだが、藩校は休まなかった。

清は止めたが、そんな事より、人でなしのいる家には、一時たりとも居たくなかった。

藤太たちは、水練の授業を休むという小太郎を不審に思った。いつもなら何があっても、授業には真面目に出るのに。

「なんだよ、なぜ出来ないんだよ」ふざけて、無理やり、着物を脱がせようとすると、小太郎の肩やら背中に、赤黒いミミズ腫れが、いくつも、いくつも、ついているのを見て、声を失った。

それは、磯部たちにやられた痕ではなかった。

「小太郎、お前、この傷は……」絶句する藤太らに、

「何でもない」と微かに笑うと、小太郎は着物を直した。

その笑顔に友人らは全てを悟り、黙りこくってしまった。

彼らは、自分たちが良かれと思ってやった事が、反対に小太郎を苦しめた事実を知る。

「小太郎……」

皆で友の肩を抱くと、その場で男泣きするのであった。

その日、小太郎が屋敷に戻ってくると、いつも迎えに出る清の姿がなかった。

不安になり、「清、清ーッ！」と叫ぶが、現れない。

やがて、玄関に顔を見せた房が、「清は暇を出された」と言いにくそうに伝えた。

十和に楯突いた清は、御役御免になったのだ。

「――!?」

清がいないことを知った小太郎は、顔面蒼白になった。急いで自分の部屋へ行くと、隠し持っていた誠志郎の泥メンコを、箪笥の中から取り出した。そして、庭に出ると、縁石に向かって、勢いよく叩きつけた。メンコは粉々に砕け散った。

それを見下ろすと、小太郎は、

「くそっ、くそっ、あの鬼婆め!」と喚きながら、何度も何度も踏みつけた。ひとしきり踏みつけると、気が済んだのか、小太郎は憤然として、屋敷から出て行った。もう、二度とここへは帰って来るものか! と誓いながら。

小太郎が向かった先は、城下町の外れ、実家のある南村だった。

灯明橋を渡ると、下士の住む家屋が連なっているのが見える。小太郎の家、谷田家もその並びにあった。

つい半年前まで住んでいた、実家に通じる狭い道を懐かしく感じながら、小太郎は、随分長く留守にしていた気がした。

谷田家の玄関前には、小さな堀が流れており、その水は地域全体を貫いて、各屋敷内に引き込まれ、洗い物に使ったり、風呂に使ったりしていた。

堀に掛けられた小さな踏板を渡り、数歩歩けばすぐに玄関に辿り着くが、さすがに表から入るのは憚られた。

小太郎は、ぐるりと家の後ろに回ると、生垣の隙間から裏庭を覗いた。

母親のセキが、縁側で縫い物をしているのが見えた。その背には、まだ幼い弟の壮太と妹の佐江が、甘えておぶさっていた。

セキは、「ほらほら、危ないでしょ」と言いながら笑っている。その様子を見ながら、小太郎の瞳からは、涙がこぼれた。

そこにはもう、自分には手に入らない、温かな暮らしがあったからだ。

「誰？」

気配に気づいたセキが声を掛けた。

小太郎は、返事が出来なかった。

「小太郎、小太郎かい？」

はっとしたようになり、セキは見る見る顔色を変えた。

そうして、生垣に向かうと、

「お前は岩井様に差し上げた身。あちらの奥様を母上と思い、しっかり孝行するのですよ」と言った。

「……」

それを黙って聞いていた小太郎は、自分はもうこの家には帰って来られないのだとようやく悟った。自分はひとりぼっちなのだと。弟や妹のように、もう母に甘えることは出来ないのだと。

知らぬ間に、滂沱《ぼうだ》の涙が溢れ、頬を濡らしていた。小太郎は、それを気づかれぬようにそっと拭うと、その場を離れた。

空には満月が掛かっていた。

いつの間にか、小太郎は、有明浜まで戻って来ていた。

松林を抜けると、すぐそこは岩井の屋敷があるはずだった。けれど帰りたくなかった。実家には見捨てられたが、かと言って、あの家には戻りたくなかった。あの家をどうしても、自分の家だとは思えなかったのだ。

満月に十和の白い顔が浮かんだ。

笑顔を作っていても、瞳の奥はゾッとするほど冷たかった。母上が未だ自分を許していないのは確かだった。

「……」

小太郎は、ぶるっと震えた。

波の音が聞こえてきた。

穏やかで、規則正しいその音を聞いているうちに、「もう、これ以上、生きていたくない」と思った。

もし、あの時、本当に切腹さえしていれば、こんな目に遭わずに済んだのに。生き恥を晒すこともなかったのに。自分の短絡さが招いた事ながら、殺めた側の親の下へ行くなんて、そんな無茶なこともなかったのに、と小太郎は思った。

身から出た錆とは言え、これ以上、もう耐えられそうになかった。頭の中では、ただ、ただ、
死にたい……。

という言葉だけが、繰り返し聞こえてきた。

寄せては返し、寄せては返しする波が、次第に足元に迫ってきた。それをぼんやり見ていると、

「クーン」

いつしか茶色の子犬が近づいてきて、鼻面を擦りつけてきた。

小太郎は、子犬を抱き寄せると、その背に顔を埋めた。

柔らかな毛に触れているうちに、嫌な事も忘れてしまいそうだった。

ふと、小太郎は、陽山の言った言葉を思い出した。

附子を食べると死ぬと、あの医師は言っていたではないか。あれは毒だと――。

その瞬間、小太郎の肚は決まった。

ようし！　あの葉を食べてやろう。葉っぱで死ななかったら、花も食べよう、それでもだめなら、根っこも掘り出して食べてやろう。それで死んでやろう。それでこそ立派な武士というものだ。

そうだ、そうしようと小太郎は思った。

岩井の屋敷に戻ると、海岸で出会った子犬も、そのままついてきた。その犬に、「しっ！」と指を口に当てると、小太郎はそっと裏口の戸を開けた。

すると、ちょうど提灯を持って、外へ出ようとしていた栄之進と目が合った。

「あ！」と思う間もなく、栄之進は小太郎の腕をむんずと掴んで、

「若様が見つかりましたぞー！」と大声で叫んでいた。

庭では篝火《かがりび》が焚かれ、辺りは煌々と照らされていた。女中の房やカネ、爺や婆やに至るまで、皆、たすき掛けをして、これから手分けして小太郎を捜しに行こうとして

いたところだった。

　小太郎が見つかったという声を聞きつけ、縁側に出た十和は、小太郎の顔を見て、息をついた。

「このまま帰って来なかったら、夫にどう顔向けすれば良いのか……」

　内心、そう思っていたので、心底ほっとしたのだ。

　しかし、そんなことはおくびにも出さずに、

「どこへ行っておったのだ。皆、心配しましたぞ」とだけ言った。

　これほどの騒ぎになっているとは露知らず、目を白黒させた小太郎は、

「申し訳ございませんでした」と、小さくなって謝るのみだった。

　そして、ついて来た子犬を抱き上げると、おずおずと、

「この犬を飼ってもよいですか」と聞いた。

　それを見た十和には、あどけない子犬と小太郎の姿が、重なって見えた。

　幼き殺人者ではなく、寄る辺なき、無垢の赤子のように――。

　その姿に、十和は虚を衝かれた。

　突然、「母上には分からない！」という誠志郎の声がした。

　十和は驚いて、目をつぶった。

瞼の裏に、誠志郎の姿が浮かんできた。

あれはいつの頃だったか。私は、学業不振の誠志郎にも、小太郎に言ったように「もっと頑張らないと」とか「お前の努力が足りないのです」と叱っていた。

あの時も、進級試験に落ちた時だった。厳しく叱りつけた私に、誠志郎は目尻を赤くしながら、「母上には、私の気持ちは分からない」と言ったのだ。

どんなに頑張っても、難しい時はある。どうしたって、出来ない時もあるのだ。それなのに、頭ごなしに叱るのは違う、そう誠志郎は言いたかったのかもしれない。

私には子供の気持ちが分からない。否、分かろうとしてこなかったのかも……。

そう思うと、ふーっと、十和は大きく一つ溜息をついた。

そして、目を開けると、

「仕方ありませんね。飼ってもいいですよ」と言った。

小太郎は、信じられないという表情をしていた。てっきり却下されると思っていたのだろう。

「ただし、あなたがちゃんと世話をするのですよ。爺や房たちに任せずにね」

そう言うと、小太郎は笑顔を見せた。

「はい！」

それは十和が初めて見る、小太郎の笑顔だった。

始終固い顔のまま、仏間に戻ってくると、十和は気が緩んだのか、「ふ、ふふふ」とひとりでに笑いが込み上げてきた。

もし、ここで小太郎に死なれでもしたら、十和は、夫や世間から、何を言われるか分からなかった。だが、生きていてくれたお陰で、胸のつかえが取れる気がした。

けれど、この笑みの意味は、それだけではなかった。十和の心の奥底には、いつしか小太郎の存在が深く根付いてしまっていた。

いくら憎いと言っても、十和とて、小太郎の死を望んでいる訳ではなかった。ましてや、朝晩顔を合わせる間柄なら、情が出てくるのも当然だっただろう。

今の小太郎は、岩井家にとって、欠くことの出来ない存在になっていた。いくら十和が認めたくなくても、小太郎は、すでに岩井家の一員として、しっかり根を下ろしていたのだ。

それは、十和の心にも……。

小太郎の笑顔を思い出すと、十和は、なんだか胸が熱くなってくるのだった。

それから、しばらくしてからの事。

出入りの魚屋七平がいつものように来ると、女中たちにこんな事を話していた。

「こちらの奥様は、養子に貰った坊ちゃまを、苛めていなさるってね。もっぱらの評判ですぜ」

「まあ、誰がそんな事を」

房が驚いて聞くが、

「みんな噂していますよ。あれほど懇願して貰った若様だというのに」

そう言うと、いきなり小声になって、

「武家の奥方にあるまじき行いだって」と耳打ちする。

しかし、それをたまたま、台所に来た十和が聞いてしまった。

世間では自分の事を、そんな風に噂しているのか。

養子苛めの母親と。

十和は、暗澹たる気持ちになった。

第八章　告白

菊花の香りが、至る所で漂うようになったある日。

墓参りのために、その日も十和は、カネを供に円環寺へと向かっていた。

先日の事もあり、人目を避けるように、御成道からすぐに横丁へ入ると、後ろの方から、何やらヒソヒソと話し声が聞こえてきた。

「あれが、岩井の奥様だよ」

「おおっ、こわッ。まるで般若のような顔だね」

「なんでも、若君の食事に、毒を盛ったそうだよ」

「まあッ、恐ろしい。いまだに許せないのかね。本当に心が狭いわ」

チラリと見やると、二、三人の女房たちが集まって、こちらを見ている。

「大体、亡くなった若様が、今の若君を苛めていて、我慢出来ずに、刀を抜いたって話じゃないか」

「それじゃあ、悪いのは、元の若様ってこと?」

「そうなんだよ。それなのに、苛めるなんてねぇ」

彼女たちの声は耳に届いていたが、十和は何事もなかったかのように歩いて行った。


墓所にて——。

線香の立ち上る中、十和が、普段通り手を合わせていると、ふいに後ろから声がした。

「十和様、終わりましたら、ご一緒にお茶でもいかがです」

見ると、住職の明恵尼が立っていた。すらりとして、年の頃は十和よりやや上なくらいか。端正な顔立ちで、洗いざらしの僧衣も、この方が着るとなんだか洒落た着こなしに見えるのだ。

十和は今まで、この新しく来た尼僧とは、口を利く機会がなかったので、その言葉に甘える事にした。

墓参りを済ませ、本堂の縁側に腰かけたカネをその場に残すと、十和は一人座敷へ上がった。

季節はすっかり秋だった。山の木々も色づいて、時折鳴くノスリの声も、ピッ、ピイーと甲高く聞こえてくる。

　十和がくつろいでいると、明恵尼がお茶とお菓子を運んで来た。

「どうぞ」と湯呑を差し出す指の細さ、物腰の柔らかさなどから、十和は、明恵尼が良家の子女だったのではないかと踏んでいた。どんな事情で尼になったのかは知らないが、こんな山奥の寺には、およそ似つかわしくない女だった。

「ご挨拶が遅れまして」と明恵尼は言った。

「ご子息が亡くなられてから、こちらへ参ったものですから」

　そう言うと、尼僧はまじまじと十和の顔を見た。あんまり見られるので、十和はなんだか恥ずかしくなり、目を逸らした。そして、話題を変えようと、

「こんな山奥に、お一人で危険ではありませんか」と言うと、

「なんと！」

　明恵尼は大仰に声を上げた。

「こんな所に来るなんて、狸や狐だけですよ。たまに猪も現れますがね」そう言って笑った。

「それに、私、これでも、長刀五段なのですよ。いざとなったら、得意の長刀でやっつけてやりますわ」と言うので、十和も笑った。

長刀と聞いて、胸の奥にチクリと、罪悪感めいたものが湧くが、それよりも尼僧のおどけた物言いの方がおかしくて、つい、「私も若い頃は、長刀を少々嗜《たしな》みましたのよ」と言ってしまった。

「それなら、一度お手合わせ願いたいものですわ」明恵尼は目を輝かせた。

「でも、女弁慶と呼ばれた私に勝てますかしら」

「では私も、手加減しないようにしなければ」

「まあ！」

二人は声を揃えて笑った。

十和もこんな冗談を言ったのは、久しぶりだった。

年齢が近いということもあり、二人はすぐに打ち解けて仲良くなった。

世間話などをしていると、

「でも、本当に……」突如、明恵尼が、十和の顔を見つめながら言った。

「十和様って、世間で言われているような方ではないのに、どうしてあのように言われているのでしょう」

「どういう意味ですか」十和は聞き返した。

いえね、と明恵尼は言葉を濁しながらも、巷では、十和が、「まるで夜叉のよう、鬼女のようだ」と噂されているのだと言った。そして、引き取った若君を未だ許せずに、毒を盛ったという噂まで出回っていると言うのだ。

「確かに、私も初めて十和様をお見かけした時に、なんて怖いお顔をしているのだろうと思ったものです」

「……」

「まるで、この世の悲しみや苦しさを、一身に背負っているような、手負いの獣のような、そんなお顔をしていらっしゃると思ったのです」

明恵尼の言葉に、十和は何も言えなかった。傍から見れば、自分はそう見えるのだろう。

「けれど、本当は違ったのですね。本当の十和様は、機知に富んだ、こんなにも相手の事を思いやれる方なのに――」

それを聞くと、十和の顔はさっと険しくなった。

「何故、私が、夜叉になったのかと言えば、それは皆さんが、子どもを失くしたら、分かる事です。そうでなければ、とても私の気持ちなど、理解していただけないでしょう」

その厳しい口調に、明恵尼は気圧《けお》された。

だが、十和は構わず続けた。

「どうして、私が毒を盛ったなどという話が、出回っているのでしょうか。そのような事があろう筈もないのに。世間は好き勝手に私を解釈して、口汚く罵るのですわ。私の事を何も知らないくせに！　養母だからと決めつけて、ありもしない事を言い立てて！」

十和は怒りを露わにした。

「許せ、許せと人は簡単に言いますが、そんな事は出来っこありません。私は、元々そんなに人間が出来てはおりません。でも、私にとって、子を失った悲しみは、どうしたって、忘れる事は出来ないのです。それが出来ると言うのなら、あなた方がやって見せればよいのです！」

十和はますます激昂《げっこう》して、

「あなた方が、自分の息子を殺した犯人を、許してやれば良いのです！　そして、それを私に見せてください！　それが出来るのなら、その手本を、私に示してください！　そして、いつまでも許せない狭量な私に、どうぞそれを見せてやってください！」

そう言い放った。

小太郎が拾ってきた子犬は、茶々丸《ちゃちゃまる》と名付けられた。

よく餌を食べ、コロコロと太り、小太郎と一緒に、朝な夕な遊び、その後をついて回った。茶々丸のお陰で、小太郎は見る見るうちに、元気になっていった。

下女たちが心配するほど、ご飯を掻き込み、毎朝、伯父の五郎太の下で、剣術の稽古も欠かさなかった。

小太郎が元気になると、屋敷全体にも活気が戻ってきた。

清が居なくなり、ややもすれば暗くなりがちだった使用人たちにも、笑顔が増えてきた気がした。中でも、カネの憔悴ぶりは露わだったので、十和は密かに心配していたのだ。

けれど、十和はそんな屋敷内の様子を苦々しくも、面映ゆく感じていた。

小太郎一人のお陰で、この家は暗くもなり、明るくもなるのかと、少し皮肉めいた気持ちにもなった。

廊下へ出ると、庭の梅の木に繋がれ、少し大きくなった茶々丸がいた。小太郎が藩校へ出かけている間は、いつもそうしているのだ。十和を見ると、茶々丸は勢いよく尾を振って、何か言いたげにこちらを見て鳴いた。

クーン、クーン。

その姿が小太郎と重なって、十和は思わず手を伸ばした。

藩校からの帰り道。

小太郎が歩いていると、「ワンワン」と吠えながら、こちらへ向かって走って来る犬がいる。見ると、茶々丸だった。

「茶々！」小太郎が呼ぶと、子犬は嬉しそうに飛びついた。

「縄を外してまで、迎えにくるとは」

お供の栄之進は呆れるが、しっかり繋いだはずの茶々丸の首紐が、そう簡単にほどける筈はなかった。

「……」

こんなことをするのは誰なのか、小太郎には容易に見当がついた。

母上は、どうしても私が許せないらしい……。

そう思い唇を噛んだ。

あの家出をした日以来、小太郎は、十和を見ると、口をつぐみ、朝晩の挨拶以外には、極力、十和から目を逸らすようになっていた。

それとは逆に十和の方は、小太郎に何か言いたそうにして、今にも泣き出しそうな顔をしていた。

十和は、どんなに時間が経っても、誠志郎の死から立ち直ることが出来ずにいたのだ。

一人悲しみに打ちひしがれ、何をしても立ち直る事が出来ない。どうしても心が晴れず、この所の日課と言えば、幽鬼のようにふらふらと、裏の松林を散歩する事だった。

そうして、有明浜から吹きすさぶ、荒れた冬の海を眺めながら、

「死にたい……」とつぶやいた。

いつからか、十和の望みは死ぬ事だけになってしまった。

自分も早く、誠志郎の下へ旅立ちたかった。

誠志郎、死にたい……、母も死にたいよォ……。どうか連れて行っておくれ……。

心の中で願っていると、そんな十和の身体をまるで鞭打つように、冷たい北風が容赦なく叩きつけていった。

そんな中、再び、進級試験が近づいてきた。

友達と遊ぶこともせず、勉学に勤しんできた小太郎だが、そんな小太郎に、十和は、

「今度、受からなかったら承知しませんよ」と言った。

「もし、今度の試験で首席をとらなければ、茶々丸を山へ捨てます」と。

それは、小太郎が一番堪える言葉であった。

それからというもの、小太郎は寝る間も惜しんで勉強した。

そうして、迎えた結果発表の日。

十和も朝から落ち着かなかったが、小太郎は、無事試験に合格したばかりか、成績優秀者として学頭より、褒美の菓子と扇子を頂戴してきたのだ。

嬉しくもあり、安堵もしたが、

チクリ——。

心のどこかに、針が刺さった気がして、十和の心は複雑だった。

報告をしにきた小太郎に、

「ふん。これくらい、岩井の嫡男なら当たり前の事。次も首位を取らなければ承知しませんよ」

などと笑みを隠して、嫌みを言い、

「お父上にも知らせて、喜んでもらいましょう」

と、褒美の菓子を取らせようとする。だが、首を横に振る小太郎は、

「これは、母上が召し上がってください」と言った。

小太郎は、賢樹館の学頭から頂いた大切な菓子を、一番最初に、自分に食べて欲しいようだった。何度断っても、頑としてきかないので、最後には折れて、

「あ、有難う」

と十和は、口ごもりながら受け取った。


翌日、茶々丸が庭で何か食べていたので、「こら、行儀が悪いなぁ」と小太郎が見ると、昨日、十和にあげた褒美の菓子だった。

小太郎は愕然とした。

自分が差し上げた菓子を、十和は庭に投げ捨てたのだ。

小太郎は、血の気が引いた。

やはり母上は、どうしたって、私を許しては下さらないのだ。

それが分かった今、小太郎はギュッと唇を嚙み締め、涙を拭いた。

そして、もう二度と、母上なんかお慕いするもんか、と決意するのだ。

そこへ、爺やがやってきた。

「どうなすったので」

庭掃除に来た爺は、すぐに小太郎の異変に気づいたようだった。

小太郎は黙って、茶々丸が食い散らかした、菓子を差し出した。

「母上は、私の事が嫌いなんです」

それを見ると、爺やは事も無げに言った。

「ああ、奥様は餡子の入っているものは、食べられないんですよ」

「えっ」

小太郎は驚いた。

「けれど、昨日、坊ちゃまが、せっかく差し上げたものだからと言って、受け取ったそうです」

「でも、でも」と小太郎は、まだ信じられない、といった感じで言い募った。

「茶々丸の事は嫌いではないですか⁉　すぐ捨てると言ったり、紐をほどいて放したりして！」

「まさか、奥様は、この犬公の事も可愛がっておりますって」

その時、茶々丸がワンワンと嬉しそうに吠えるので、爺は慌てて、小太郎を物陰に引っ張りこんだ。

ほどなくして、十和がやってきた。十和は何やら話し掛けながらしゃがむと、茶々丸の頭を撫ではじめた。大人しく、茶々丸はその足元に寝そべっていた。

母上が茶々丸を可愛がっている⁉

小太郎は衝撃を受けた。

「あやつは、奥様にだけは従順なんですよ。ワシらには懐かんのにな。畜生は、傷ついた者には、優しく寄り添いますものでな」

爺の言葉に更に驚いた。

母上が傷ついている――？　小太郎は、俄には信じられなかった。

「だから、今朝もあの犬に菓子を与えたのです。坊ちゃまの大切な物を、坊ちゃまが可愛がっている、あやつにやったのですよ」

「でも」となおも小太郎は食い下がる。

「母上は、茶々丸を逃がしたではないですか。紐を外して追い出したではないですか」

爺やは、遠い記憶を手繰《たぐ》るようにして、「ああ」と言った。

「あの時は、あやつが紐をほどいて逃げ出したので、ワシも奥様と一緒に、追いかけたんですよ」

「……」

「すると坊ちゃまが帰って来られて、あやつを捕まえてくれたんで、奥様が〝このままにしておきましょう〟と言って、ワシらはそのまま戻ったんです。決して、あやつを放したのではありませんよ」

爺やが、そんな事を言っても、小太郎はなかなか受け入れられなかった。母上が本当は、茶々丸を可愛がっているだって？

この事をどう捉えていいのか分からずに、混乱していると、ふと床の間に目がいった。

そこには、なんと自分が昨日頂いた、褒賞の扇子が飾られてあるではないか。学頭の薫陶の句までしっかり見える。

「……」

それを見ると、なんだか小太郎は、肩の力が抜けるような気がした。

もしかすると、母上も私の事を、少しは認めて下さっているのかも……？

そう思うと、自然に頰が緩んでくるようだった。

十和は、小太郎の試験結果を、江戸にいる夫にも報告した。

長弼からはすぐに返事が送られてきた。そこには、小太郎の努力に対する褒め言葉と、ここまで育ててくれた十和への感謝の気持ちが綴られていた。

その手紙を読み終えると、十和はくしゃくしゃに丸めて、長火鉢の中に投げ入れた。紙はあっと言う間に燃え上がった。その火を見つめながら、十和は思った。

確かに、小太郎はいい子だわ。世間的に見ればいい子だと思う。けれど、私にはそうは思えない。あの邪気のない顔を一皮剝けば、恐ろしい一面も持っているのよ。

そして、誠志郎、誠志郎、誠志郎……。

ああ、誰もが、あなたの事を忘れていく。父親までもが。これではまるで、初めから居なかったみたいではないか。そんなの駄目よ。おかしいわ。私は、私だけは、いつまでもあの子を忘れない。あの子を手放さないわ。

十和は、奥の納戸へ入ると、誠志郎の衣類を簞笥から引っ張り出した。衣からは樟脳の香りと共に、微かに誠志郎の匂いがして、なんだか側にいるかのように感じられた。

誠志郎は、小太郎ほど優秀でなくても、心の優しい子だった。

幼い頃は、いつも「母上、母上」と後を追って慕ってくれた。何よりも十和の事を大切にしてくれた。素晴らしい子どもだった。

それなのに十和は、今は小太郎の事も放ってはおけないのだ。小太郎を守り、育てていかなければならないのだ。小太郎を憎まなければならないのに、憎めない。否、憎むことが出来なかった。

けれど、小太郎を憎まなければ、誰が誠志郎の仇を討つのです。誰が誠志郎の気持ちを汲んでやれるのです……。

そんな相反する気持ちに、引き裂かれそうになりながら、

「ああ、誠志郎、ダメな母を許しておくれ。腰抜けな私を許しておくれ……」

と、十和は誠志郎の着物に顔を埋めながら、いつまでも泣き続けるのであった。


年が明けても、十和の体調は変わらず良くならなかった。

小太郎は、寝付いている十和のために、何かしてあげたかった。診察に来た医師の陽山を、廊下で呼び止めると、「何かよいお薬はないものでしょうか」と尋ねた。

「あるにはあるのですが」と陽山は口を濁して、庭を見た。

そこには附子が青々と茂っていた。

「毒は必ずしも毒ではなく、使い方次第では薬にもなるのです」

小太郎は、ハッとした。

「もし、若君が、母上にお薬を作って差し上げたいと思うなら、どうぞ私の所へいらしてください」そう言って陽山は帰って行った。

毒は薬にもなる。

その言葉が引っかかり、小太郎は、十和のために、自ら薬を作る事を決意した。

もし、これで良くなって下さったら……、そんな気持ちだった。

小太郎は、しばらく陽山の診療所に通って、教わった精製方法で、庭の附子で生薬《しょうやく》を作ることにした。爺に手伝って貰いながら、根を掘り起こし、その根を塩とにがりに浸し、繰り返し茹でて毒気を抜いていく。それから、何日も掛けて乾燥させていった。

「出来た！」

ようやく完成した生薬を、嬉しそうに少量煎じて持って行った。

「母上、生薬でございます」

「有難う。何のお薬ですか」布団から起き上がった十和が聞くと、

「庭の附子を使って、私が作った物です」

満面の笑みで小太郎は答えた。

「えっ」

十和は絶句した。それに気がついた小太郎は、

「あ、ちゃんと陽山先生に教えてもらったものですから、どうぞご安心を」と言うが、

十和は恐ろしくてとても飲む気にはなれない。

小太郎が辞すると、黒い液体を前に冷や汗が出た。

これは私への復讐なのか、それとも単なる気遣いか――。

十和は、これまで自分がやって来た事に対する、小太郎の報復なのかと考えてしまった。

悩んだ末、その生薬を急いで中庭に捨ててしまった。

誠志郎の一周忌が、二ヶ月後に迫ってきていた。

月命日の墓参りの後に、十和は、明恵尼に本堂でお経を読んでもらった。

それが終わると、明恵尼はお茶とお菓子を出してくれた。

二人はあれ以来、親しく口を利く仲になっていた。十和は、この墓参りが済んだ後の、お茶の席が楽しみだった。心に溜まった澱を、明恵尼に聞いて貰うのが習わしと

なっていたからだ。

「ご子息が亡くなられてから、かれこれもう、一年近く経とうとしているのですか。本当に大変な日々でしたね」

明恵尼がしみじみそう言った。

「お子様を亡くされた上に、その殺めたお子を育てる羽目になるなんて……、なんと惨い運命だったのだろうとお察しします」

そう言って、労わるように明恵尼は見つめた。十和もしんみりとした。

「はい。けれど、一日たりとも、誠志郎の事を忘れたことはありません。なぜ、あの子が死んでしまったのか、なぜ、守ってやれなかったのか、自分に出来ることは何もなかったのか、などと後悔ばかりしているのです」

十和はそう話した。

「そして、何度〝死にたい……〟と、思った事か」と。

「私はこの一年、〝死にたい、死にたい〟とばかり、願っていました。これ以上、生きていても仕方ないと、そう思って過ごしてきたのです」

明恵尼は、うなずきながら、黙って聞いていた。

その態度に十和の気持ちは和らいだ。このような重たい話は、誰彼にできるものではなく、下手をしたら、こちらが傷つけられる可能性だってあるのだ。

世の中にはお節介な輩がいて、落ち込んでいる人を、励ましたり、元気づけたりしようとする。けれど、それでも気力を取り戻さなければ、怒り出したりもするのだ。

しかし、明恵尼だけは、違った。いつも余計な口は挟まずに、黙って聞いてくれるのだ。その事が、十和にとって、どれほど慰めになったことか。やすらぎを与えてくれたかは、計り知れなかった。

「誠志郎は帰って来ないのに、小太郎は、小太郎の方は、のうのうと居座って、目の前から居なくならないのです。私の時は、あの日のまま、止まっているというのに、あの子だけは、日に日に大きくなっていくのです。誠志郎には、それが敵わないというのに……。そんなの、あんまりです。それ一つ取っても、私はあの子が許せないのです」

そう言って、むせび泣く十和に、明恵尼はそっとにじり寄り、手を握ってくれた。その温もりに勇気づけられるように、十和は喋り続けた。

「私は悪い母親でした。あの子の気持ちも考えずに、お家の事ばかり……。でも、失って初めて分かるのです。誠志郎がどれほど大切だったのかと。あの子をどれほど愛しく思っていたのかと。でも、大事にしてやれなかったのです。あの子を真の意味で、受け入れてやれなかったのです！」

そう言うと、突っ伏して泣くのだった。

円環寺からの帰り道。

十和はまっすぐ戻りたくなくて、カネを先に帰すと一人で有明浜に出た。

もう陽はだいぶ傾きかけていて、空気は刺すように冷たかった。波は騒がしく押し寄せては引いて行く、を繰り返していた。

遠くの方を見ると、小さな漁船が、何艘か浮かんでいる。

十和が泣き腫らした顔を天に向けると、澄み渡った冬空に、星が一つ、二つ瞬いていた。

ほーっと溜息をつくと、白い息が顔にかかった。

心地よい脱力感が、十和の身体を貫いていた。

先ほどの明恵尼との会話を思い出し、疲れを感じながらも、一歩、また一歩と、砂浜を歩いていた。

ふと、自分に救いはあるのだろうかと思った。

私が心静かに暮らせる日は来るのだろうか――と。

十和は、再び、小さく溜息をつくと、波打ち際を歩いて行った。ゆっくりと、でも着実に。

その足跡は、弧を描いた白浜に延々と続いていくのであった。


屋敷に戻ると、小太郎が、玄関で正座をして出迎えてくれた。

「お帰りなさいませ」

「ただいま戻りました」

そう言う十和の声に、小太郎は、はっとして顔を上げた。それは、今までに聞いたことのないような、穏やかな声だったからだ。

何があったのだろうかと、小太郎は穴の開くほど十和の顔を見つめた。

十和は、小太郎の視線に、少し照れたように微笑んだ。

その笑顔に小太郎は心打たれた。

何故だろう。そこには透徹したような、美しさがあったからだ。

哀しみを乗り越えた先に到達した、透明さとでも言うべきか——。

小太郎はそんな十和の変化に、胸がいっぱいになった。

第九章　雨上がり

不思議な事にそれ以来、岩井家では平穏が訪れていた。

十和の病も鳴りを潜め、家の中で采配を振るう姿が、そこここで見られるようになった。女主人の復活で、邸内は一気に活力で満ち溢れた。

小太郎は、台所や居間で、女中たちと一緒になって立ち働く十和を見ていると、自然に心が躍った。

そして、何か母上に、贈り物をしたいと、考えるようになった。

何か母上を喜ばせたいと。

ある時、小太郎は、台所に一人いたカネに声を掛けた。

「母上は何が好きなのだろうか」

カネは洗い物の手を止めて、少し考えてからこう答えた。

「そうですね。奥様が好きな物は、今なら、椿の花ですかね」

椿の花――。

十和は、花のない時期には、よくこれを飾っているという。

「ようし！」と小太郎は決意した。

母上のために、椿の花を取ってきてあげよう、一番大きくて立派な奴を。

そう思って外へ出た小太郎を、カネが追いかけて来た。

「あのう、坊ちゃま」

振り返った小太郎に、「申し訳ございません」とカネはいきなり頭を下げた。

小太郎が面食らっていると、

「私なんです」と言う。

「え？」

「私が、桃の水を流し忘れたんです！　でも、言えなくて、ずっと、言えなくて……。坊ちゃまに申し訳なくて……。本当にすみませんでした！」と謝るのだ。

聞けば、あの夏の日、カネは桃を洗った水を流さずに、そのままにしてしまった。それが後に大変な事になるとも知らずに……。しかし、怖くて言い出せなかったという。

「でも、お清さんが、奥様を疑ってしまわれて、それで私、奥様にもお清さんにも、悪くて……」そう言ってカネは啜り泣くのであった。

「そうだったのか」

確かにあれ以来、小太郎も十和に不信感を持ってしまったが、そうではなかったと分かり、むしろ晴れ晴れとした気になった。

母上は、そんな方ではなかったのだ！

それが分かっただけでも、小太郎は嬉しかった。


その日の昼過ぎ。

藩校からの帰り道に、小太郎は、友人の藤太、為三、八助と一緒に貝島へと向かった。

貝島は、通称、椿山と言われるほど、小高い丘にたくさんの椿の木がびっしりと植えられていた。四人は城下町を突っ切って、三角州を構成する支流の一つ、二ツ木川へ来ると、白鷺橋を渡って郊外へ出た。

川を渡るには、もう一つ海に近い曙橋もあるが、小太郎はそこを避けていた。

河岸には、小舟がたくさん係留されており、川に沿って下って行くと、やがて海に出て、ぽっかりと小さな島が現れる。それが貝島だった。

島を繋ぐ小さな橋を渡ると、そこは一面の椿の山。

手入れもされず、藪の中にたくさんの椿の花が咲き乱れていた。小太郎は夢中になってその中を歩き、どの花がいいかと探し回った。白や、白地に赤の斑点が入った珍しい物などもあったが、小太郎はやはり、真っ赤な花を求めていた。

それこそが、冬空に凛と立つ、十和の姿と重なるのだ。

小太郎は、大振りで赤い花を探し出すと、三本だけ切って持ち帰ることにした。そして、これを見た時の十和の驚いた顔を想像しては、口元を緩ませるのだ。


だが、そんな小太郎たちの動きを、監視している者が居る事を、彼らはまだ知る由もなかった。

椿の花も無事に手に入れ、貝島を後にした小太郎たちは、白鷺橋を渡り切った所で、声を掛けられた。

「これは、これは、賢樹館きっての秀才、小太郎殿とそのご学友ではありませんか。今日はまたどちらへ」

見ると、またもや磯部と蔭山、熊元らであった。

三人は、小太郎たちが、どこかへ行くのを見て、後をつけて来たのだ。そうして、帰り道、必ずまた、この白鷺橋を通ると確信して待っていたのだ。

「……」

小太郎は身を固くしながら、軽く会釈をして通り過ぎようとするが、磯部らは逃さなかった。

「なんだよ、小太郎、調子のんなよ。ちょっとばかり成績がいいからって、その態度はなんだ！」蔭山が叫ぶと、熊元も、

「そうだ、そうだ。お前らみたいな虫ケラは、俺たちの前では、土下座をするのが礼儀だろうッ！」

と言って、大きな手で肩を摑むと、藤太たちを無理やり地面に座らせた。

小太郎は、ぐっと磯部たちを睨んだ。

「なんだ、その目は。気に食わねぇ」

磯部も小太郎を睨みつけるが、小太郎の持っていた花に目が留まり、

「お前、どうした？　その花は。女でも出来たか」

そう鼻で笑うと、小太郎の椿の花を奪って、そのまま地面に叩きつけた。そうして、足で踏みつけたのだ。花びらが散って広がり、あたかも血の海のように見えた。

「あ……！」

小太郎は声を失った。

「ふん、ざまあみろ。女々しい奴め」

嘲笑う磯部に、小太郎の目が怒りに燃えた。それに気づいた磯部は、

「あん、どうした、悔しいか、え？　所詮、お前は、俺たちの仲間なんぞにはなれないんだよッ。分かったか？　分かったのなら、さっさと俺様の前に土下座せんかッ！」

と一喝した。

小太郎は、肚に力を籠めると、磯部を見上げた。

「私はもう谷田小太郎ではありません。今は岩井家の嫡男です。その私に、このような無礼を働くのなら、私にも覚悟があります」

そう言うなり、刀に手を掛けた。

「おっ、やんのか、小太郎。いいぜ、抜けよ、誠志郎をやったみたいに！」

磯部が挑発するが、左手の赤い糸が疼き、指が震えて動かない。

「くっ！」

いつしか額には汗が浮かんでくる。しかし、小太郎は殺されても、刀を抜かない覚悟だった。

鞘のまま勢いよく引き抜くと、「エイッ！」下から相手の顎に一撃を食らわした。

「ギャッ！」

声を上げながら、目の前でゆっくりと磯部が倒れていくのが見えた。

小太郎は急いで友人らに叫んだ。

「逃げろ！」

その合図と共に、皆、一目散に駆け出した。

急に雲行きが怪しくなったかと思うと、ゴロゴロと雷鳴が轟《とどろ》いて、強い雨がザーと降って来た。

雨の中、夢中で走っていた小太郎は、いつの間にか、魚河岸に近づいている事に気づいた。

「――！」

ここだけは来たくなかった。ここにだけは――。

曙橋近くの、船倉が立ち並ぶこの界隈は、一年前に小太郎が、誠志郎を斬った場所だった。事件があってからは、絶対に立ち入らなかった所だ。しかし、今はそんな事も言っていられなかった。磯部らの怒鳴り声が迫ってきていた。

ええい、ままよ！

小太郎は、目をつぶって走って行った。


遠くの方で、雷の鳴る音が聞こえてきた。

だんだんと近づくその音を聞きながら、十和は、文机に向かって、夫の長弼に手紙を書こうとしていた。

墨を磨りながら、十和はこの間の、明恵尼との会話を思い出していた。

「……」

最初の一文をどうしようと思案していると、雨が降ってきて、中庭の木の葉にサーサーと、軽い雨音を立てはじめた。


今や雨は土砂降りになっていた。

人も建物も何もかもが、煙幕で覆われたように見えなくなっていた。

小太郎はびしょ濡れになりながら、曙橋の下へ逃げ込んだ。橋の下には、幾艘もの小舟が連なり繋がっていた。その一つに身を隠すと、小太郎はぶるぶると震えた。

次第に、あの日の出来事が甦ってきた。

あの日、城代家老の金山様が突然やって来て、臨時の武道大会が行われる事になった。これまでも、藩主の成孝公の御前ではあったが、金山様の前では初めてだった。小太郎は、剣術の腕前には自信があった。何故なら伯父の五郎太の下で、幼い頃より稽古に励んでいたからだ。だからその日も、自分よりも身体の大きな年上たちを、次々に倒していった。その中に、誠志郎もいたのだ。

けれど、金山様より直々に褒美をもらい、頬を上気させた小太郎を、当然ながら、快く思わない者たちもいた。磯部たちだった。彼らは日頃から、小太郎たち下士の子弟の活躍が、気に食わなかったのだ。

だから案の定、帰り道、彼らは小太郎たちを待ち伏せしていた。

小太郎は思う。

ああ、何故あの日、藩校を出て、河岸通りなんぞに向かったのか、と。

ご家老からの褒美の品が嬉しくて、つい昔の寺子屋の師匠に見せたくなったのだ。藤太たちも一緒についていってくれた。

けれど、道の途中で磯部らに絡まれてしまった。

彼らはわざと、小太郎にぶつかって、大げさに痛がった。土下座して謝っても、許してはくれなかった。

「お前、今日はまた、一体どんな手を使ったんだよ」

「推薦人があの居合の師範だからな。そりゃ、贔屓もされるわって」

「俺なんて、未だに勝てないのに、ずるいよなあ」

と口々に言われた。そして、

「なぁ、誠志郎、お前もそう思うだろう」と、後ろで見ていた誠志郎に水を向けた。

誠志郎はどちらかと言えば、磯部らの輪に入らずに、遠巻きにして見ているだけだった。六尺近い美丈夫で、剣筋はいいのに、真面目にやらないので、もう一歩上へ行くことが出来ない。今日の試合だって、気を抜けば、やられていた相手だった。

「お前だって、剣術の腕では並ぶ者がなかったのに、こんなチビに負けたなんて、母君に知られたら、また大目玉を食らうだろうに。しかも、お徒士の子にやられたんだからな」

磯部がそう煽ると、誠志郎の顔が真っ赤になった。

「知ってるか、こいつの母親は、昔、蔭山の所で、女中をしていたそうだ。女中の息子にやられたとなれば、どうなるかな」

さらに馬鹿にしたように笑う磯部たちに、「くそっ！」と吐き捨てた誠志郎は、平伏している小太郎から、褒美の扇子を奪うと地面に叩きつけた。

あっ！　と言う間もなく、目の前で扇子は踏みにじられ、粉々に砕け散った。小太郎の怒りは頂点に達し、とっさに刀に手を掛ける。

それに気づいた誠志郎は、

「おっ、やんのか、こいつ」と蔑むような笑みを浮かべた。

「くっ！」

小太郎と誠志郎の視線が絡み合う。

だが、一瞬、誠志郎に間があり、驚いたような顔になると、そこへ間髪入れずに小太郎が、刀を抜いて切り裂いた。

その時の信じられないといった誠志郎の瞳を、小太郎は忘れる事が出来なかった。

今までの意地の悪さは微塵もなく、そこにあるのは、澄んだ清い目だけだった。

しまった！　と思うが、誠志郎はその場に、どうと崩れ落ちた。

雨は叩きつけるように降り続けていた。

橋の下で小太郎は、その出来事をまざまざと思い返していた。

濡れた身体が、今では凍えるように冷たくて、ガタガタと小刻みに震えていた。かじかんだ両手に息を吹きかけると、左手の親指の赤い糸が目に留まった。

「……」

小太郎は、己の罪深さを、初めて感じた。

倒れゆく誠志郎の顔が、思い起こされた。

彼は真正の悪性なのではなく、むしろ傷ついた人間だったのだ。

それなのに、自分は傲慢で、のぼせ上がり、不遜で、堪え性もなく、簡単に刀を抜いてしまった。他人の煽動によって、あっさりと人を殺めてしまったのだ。

「うう……」

耐え切れず、小太郎の口から嗚咽が漏れた。

誠志郎の鮮血と、先ほど地面に散らばった、椿の花びらとが重なった。

小太郎は懐から、一本だけ残った椿の花を取り出した。それは、潰されてしなびてしまっていたが、両手に取ると額を擦り付けた。そして、

「申し訳ございません」と言った。

「申し訳ございません……。申し訳ございません……」

その号泣は辺りに響くが、大雨の激しい音がそれを掻き消していった。

辺りが急速に薄暗くなると、篠突く雨になってきた。

十和は一呼吸置くと、一気に筆を走らせていった。


〝旦那様、どうか私を離縁して頂きたいのです。

思いがけない事で驚かれた事と思われます。しかし、私は真剣です。私がこれまで一度だって、あなたの意見に従わなかった事があったでしょうか。そんな私のたっての願いだと思い、お聞き届けください。

それは、私が小太郎を、育て切れないという事ではありません。もちろん問題はありますが、あの者のことは、少しずつ理解しようと努めてはおります。

そうではなくて……、私は、誠志郎を信じ切れなかった自分を、許せないからなのです。〟


「本当は、私が、私が、誠志郎を殺したんです！」

出し抜けに自分の声が、暗闇の中から聞こえて来た。

それは、この間、明恵尼との間で、会話を交わした時だった。十和は泣きながら、そんな告白をしていた。明恵尼は驚きの余り、固まっていたっけ。

十和はその時の事を考えながら、ますます激しくなる雨音と共に、過去へと思いを馳せていった。


十和は、十五の時に岩井家へ輿入れしたが、なかなか子宝に恵まれなかった。

二十歳を過ぎてからようやく誠志郎が生まれ、ほっとしたのも束の間、誠志郎は生来、虚弱で飽き性だった。根気よく続けるということが、なかなか出来ない性質だった。叱ったり、体罰を与えても、良い成績を得られなかった。唯一、剣術だけは秀でていたが、今の世の中、それだけでは食べていけない。時代は、勉学の出来る者が脚光を浴びていた。

賢樹館に入っても、季節ごとにある進級試験に合格するまでに時間が掛かった。

家督を継ぐ者が大学に上がれなければ、悪くすれば廃嫡、家禄も減俸されてしまう。それでは、藩がはじまって以来、家老職を拝命している、岩井家のご先祖様たちにも申し訳が立たない。

悩んだ末に長弼は、親戚の中の優秀な次男、三男を養子にするしかないのでは、とまで言い出したのだ。

もちろん十和は反対した。もう少し、誠志郎が態度を改めるまで、待って欲しいと懇願したのだ。しかし、それを誠志郎に聞かれてしまった。

それからだった。誠志郎が荒れてしまったのは。

なんとか大学生にはなったものの、好きだった剣術の稽古もさぼり続け、服装が派手になり、悪い仲間とつるんでは喧嘩に明け暮れた。十和はハラハラと心配し続けていた。

そんな時に、誠志郎にこう言われたのだ。

「母上は、私の事を何も分かっていない！」

十和は目をつぶり、嘆息した。

そうなのだ。私は何も分かってはいなかった。誠志郎は何が好きで、何が得意で、何が嫌いだったのかを……。子供の言う事を聞いてあげずに、ただ、勉強をしろと、うるさく言っていただけなのだ。ただ、岩井の名を汚さぬように、しっかりしろと、叱り飛ばすだけで、何一つ分かってあげられなかった。

あの子は何が好きだったのだろう。あの子の得意な事とは、一体何だったのだろうか。今となってはもう遅いが、何でもいい。あの子が生きやすいように、させてやれば良かった。あの子が自力で、自分の道を選んでいけるように、支えてやれば良かったのだ。

岩井の家名より、あの子が、息の継げるようにしてあげることの方が大事だったのに……。

十和はもう一度、嘆息した。

なのに、私は、あの子を信用することが出来なかった。

あの頃の私の頭を占めていたのは、「もし誠志郎が人を殺めでもしたら……」というものだった。そんな事でもしたら、我が家はもう終わりだ。

荒んだ気持ちの誠志郎が、いつ何時そんな事をしでかさないとも限らなかった。

だから、十和は、こっそり誠志郎の刀に、細工をしておいた。

刀が簡単に抜けないように、鍔と鞘をこよりで結んでおいたのだ。

こうしておけば、母の気持ちを察して、馬鹿な真似はしないだろうと思ったからだ。

そんな訳で、あの日、誠志郎が殺された日、刀はすぐに抜けず、一瞬、間があった筈なのだ。

「だから、あの子を殺したのは、他でもない、この私なのです！」

十和はそう言って、泣き崩れた。

明恵尼は最後まで手を握り続け、黙って聞いてくれた。そうして、

「十和様、とても苦しまれましたね。どれほどお辛かった事でしょう。誰にも言えずお一人で抱えて……」

と、涙を浮かべた。

「しかしながら」と、少し間を置いてから言った。

「誠志郎様は、本当に知らなかったのでしょうか」

「えっ」十和は、きょとんとした顔になった。

「誠志郎様は、本当にお母上が、こよりで刀を封じたことを、ご存知なかったのでしょうか。いいえ、知っていた筈ですよね。だって、見れば分かるのですから。刀が結ばれているのを、知らなかった訳はありませんよ」

十和は、明恵尼が、何を言いたいのかが分からずに、戸惑っていた。

「誠志郎様は、本当は、わざと刀を抜かなかったのではないでしょうか。母君を悲しませたくなくて」

その言葉に、十和の顔色が、サッと変わった。

「私はそう思いますよ。十和様を心配させたくなくて、ご子息は刀を抜かなかったのです」

十和の唇が、わなわなと震えた。

「誠志郎様は、とてもお優しい方だったのですね。母親思いの――」

キィーーーーーーッ!!

その時、獣の咆哮《ほうこう》のような、悲鳴のような叫び声がしたかと思うと、

「誠志郎、誠志郎ーーッ!」と、死んだ我が子の名を呼ぶ、十和の声が響き渡った。

畳に突っ伏し、わあわあ泣き喚く十和を、しばらくの間、見守っていた明恵尼は、

十和の背中を優しく撫でながら、

「お辛かったですね、本当に……」

そう言って、一緒に涙をこぼした。

その言葉を聞くと、十和は更に大声で、慟哭した。

涙は、あとからあとから湧いて出て、決して尽きる事はなかった。

あの日を境に、なんだか憑き物が落ちたように、十和は自分を取り戻した。

明恵尼の腕の中で、散々、泣いて、泣いて……。涙も枯れ果てたあとに、力が抜け、

ようやく正気に戻った気がしたのだ。

しかし、だからと言って、自分の罪が消える事はなかった。自分の浅はかさが招いた過ちが、帳消しになるなど、とても考えられなかったのだ。

十和は長弼への手紙を書き続けた。

〝私は、とても大きな過ちを犯しました。あなたにも誠志郎にも申し訳なく思っています。どうぞこのまま私を離縁して下さい。私は、岩井の家にはふさわしくない者ですから〟

ここまで書くと、一段と雨の音が大きくなった。

それは、さながら、十和の心模様のようだった。


その時、廊下をバタバタと走る音がした。

「奥様、大変です。坊ちゃまが」

息せき切って、房が入ってきた。

物思いに耽っていた十和は、その声で我に返った。

「小太郎がどうしたって」

「磯部様のご子息たちに追いかけられて、行方知れずになっているとの事です！」

「――！」

それを聞くと、十和はすぐに部屋を飛び出した。

玄関へ出ると、藤太や為三たちの顔が見えた。十和はうなずくと、傘を持ち、着物

の裾をからげると、彼らの案内で雨の中、走り出していた。走りながら、

「もうやめて！」と心の中で叫んでいた。

「私はまた、子供を失ってしまう！　また、子供を……」

これ以上、もう誰も死なせる訳にはいかなかった。

「ああ、誠志郎、誠志郎、あの子を助けてやって！」

十和はいつしか、死んだ息子に懇願していた。

「お願い、あの子を、小太郎を、助けてやってちょうだい！」

最後は祈るようにして、十和は天を仰いだ。


「おっ、いたぞ、こっちだ」

「こいつ、こんな所に隠れていやがったぜ！」

曙橋の下に隠れていた小太郎は、磯部たちに見つかってしまい、橋の上へと引きずり上げられた。激しい雨の中、三人に囲まれて殴打される小太郎。次第に意識が遠のいていく。

そこへワンワンと吠える、犬の声がしたかと思うと、栄之進や友人たちが走って来るのが見えた。

「小太郎、小太郎！」

十和の呼ぶ声がした。

「やめなさいッ！　ウチの子に何をするのッ！　この子を傷つけたら、この私が許しませんよ！」

見ると、十和がずぶ濡れになりながら、髪を振り乱し、走って来るではないか。持っていたボロボロの傘を振り回している。

「母上」

十和の姿を見ると、安心したのか、小太郎はそのまま気を失った。


目が覚めた時、小太郎は、自分の部屋で寝かされていた。

熱が出たのか、殴られたからなのか、体中が痛かった。額には手ぬぐいが置かれていた。

雨はすっかり上がったようで、縁側からはうっすら西日が差していた。

「気がつきましたか」

ふいに声がして、十和が覗き込んだ。それは小太郎が、これまで見た事がないような、柔和な笑顔だった。

慌てて飛び起きようとする、小太郎を制しながら、十和は言った。

「磯部様の御子息たちは、皆、退館処分になりましたよ。もう大丈夫」

突然の事に、小太郎が目をパチクリしていると、

「それにしても……」と十和は呆れ顔になり、

「お前は、私との約束を守って、決して刀を抜かなかったのですね」

と微笑んだ。

「有難う」

十和は、持っていた裁ち鋏で、赤い糸を切ろうとした。

小太郎は、驚いてそれを遮った。

「母上、これはこのままにしておいてください。自分への戒めのために、このままに」と乞うた。

十和は少し黙ったが、やがてうなずくと、

「水を替えて来ましょう」と桶を持って廊下へ出た。

それを見た小太郎は、急ぎ布団から出ると、その場に土下座した。そして、

「申し訳ありません！」と障子越しに、頭を下げた。

十和の動きが止まった。

「申し訳ありません！　私が、誠志郎様を殺めてしまったばっかりに、母上にこんな辛い思いをさせてしまって……。本当に申し訳ありませんでした！」

今までどこか、自分ばかりが酷い目に遭ってきたと、感じていた小太郎が、初めて十和に心から謝罪をした瞬間だった。

十和は、目を閉じて、深呼吸をした。

脳裏に明恵尼の言葉が甦ってきた。

「もう十分です。もう十分、十和様は苦しみました。だからもう、ご自分を許してやってください。もうこれ以上、ご自分を責めないでくださいね」

それは、泣き崩れる十和に向かって、掛けられた言葉だった。

十和の瞳から一筋の涙がこぼれ落ちた。

「同じです。私も同じですから……」

「え？」小太郎には、その言葉が聞き取れなかった。

十和は、涙を拭いて、

「小太郎殿、あなたも苦しかったでしょう。辛い気持ちを誰にも分かって貰えずに」

と言った。

小太郎は平伏したままでいる。

「一人で抱えて、辛かったね」

堪え切れず、小太郎の目から涙が溢れる。

「けれど、だからと言って、私はあなたを許した訳ではありませんよ」

十和は、たちまち厳しい声になった。

「あなたがいくら謝ったとしても、私は、まだ、あなたの罪を許した訳ではありませ
ん」

小太郎は涙にくれながら、小さくうなずいている。

「これからもあなたの事を、ずっと見ていますからね。あなたがどんな人生を送るのか、私はいつまでも見ていますから」

「はい」

小太郎は神妙に返事をした。

それを聞くと、十和は笑顔になった。

「それじゃあ、今度一緒に、誠志郎の墓参りに行きましょう。そして、あの子のために祈ってあげて下さい。それが、私達に出来る、最大の供養ですから」

小太郎は、「はい！」と力強く答えた。

「さ、もうおやすみなさい。疲れたでしょう」

十和が促すと、小太郎は布団に入って目をつぶった。なんだか、これまでにないくらい、気持ちが軽くなっていた。そのまま、すぐに深い眠りについていた。

どれくらい時が経ったのだろう。パチパチという木の爆ぜる音で目が覚めた。

障子を開けると、庭が真っ赤に燃えていた。

驚いた小太郎が見ると、爺やが附子に火をつけて燃やしていた。

小太郎は呆然として、その場にペタンと座り込んだ。

「……」

附子の葉も茎も赤々とした火に飲み込まれ、付近を巻き込んで大火となり、空高く舞い上がっていった。

小太郎は、その炎を、呆けたように、いつまでも見続けていた。

母の夕は、私を見つめながら言った。

「毒草の附子を燃やしたという事は、お祖母様からの和解の印、許しの証だと、お父様はお思いになったそうよ」

終章　そして、春

気がつくと、周囲は薄暗くなっていた。

心なしか、空気も冷たくなってきた気がしていた。

母の長い話を聞き終えると、私は深い溜息を漏らした。子供が聞くには、あまりにも重い内容だった。どういう訳で、あの時、母はあんな話をしたのだろう。しかも、私だけに、と後になってからよく思い返したものだ。

母は、お嫁に来た時に、知ったであろうこの話を、一人胸に納めるのが耐え難くなり、私に話したのだろうか。それとも、家族の秘密を嗅ぎまわる、私の事が鬱陶しくなり、つい話してしまったのか。真偽の程は定かではないけれど、結果的に私は、家族の秘め事を知ってしまったのだ。

私とお祖母様とは、血の繋がりはないのだと。

私達の本当のお祖母様は、親戚だと言われている、谷田のお婆様だったのだ。それどころか、父上はお祖母様にとって、我が子を殺した仇だった。

私はその事実に、身の竦《すく》む思いがしていた。

空には、一羽のヒバリが忙しなくさえずりながら、横切っていくのが見えた。

それからしばらくして、お祖父様がお役目を終えて、江戸からお戻りになったそうだ。お祖父様は、お祖母様と長い間、二人っきりで話をし、時折、涙ぐむお祖母様を慰めておられたそう。そうして、父を含めて三人で、この墓所へお参りに来たそうだ。

そんなお祖父様も二年前に亡くなり、お祖母様もこの頃では、めっきり年を取ってしまわれた。欠かさず来ていたこの墓参りだって、近頃は、母に代理をお願いするくらいなのだから。

私は、墓石に手を合わせる父と祖母を、なんだか今までとは違う目で、見ざるを得なかった。そして、お祖母様の事を、「鬼婆」なんて言ってしまって、申し訳なかったと反省した。

「まだあ」

遊び疲れたのか、散策に行っていた、百太と姉が帰って来た。

枯れ枝を手にした百太は、いまだ墓石に向かって、熱心に手を合わせている、父と祖母を見ると、がっかりして、ぐずりはじめた。

「もう、帰ろうよ、帰ろうよ」

そう言ってベソを搔いた。

そんな百太を、母と姉とがなだめながら、ご住職が用意してくれた、おはぎを食べに本堂へ連れて行った。

ご住職は代替りをなされて、今では明恵尼ではなかった。

明恵尼は、幼い頃、私と姉とがよく祖母に連れられ遊びに行くと、「良い子じゃ」と目を細めて、よくお菓子をくださった。

その背は、歳を取られてもシャンと伸び、何人にも負けないような気概が感じられたが、残念な事に、何年か前に、流行り病で亡くなられてしまった。

今はこの墓所のどこかに、眠っている筈だった。


墓参りが済んで、お寺の石段を下りようとした時、パラパラと春雨が降ってきた。

足元の覚束《おぼつか》ない祖母が、ためらっていると、父がすかさず背中を差し出した。

祖母が驚いて、尻込みすると、「母上」と父が叱るように促した。

私達姉弟は先に階段を下りると、その様子を下から見守っていた。

迷いながら、おずおずと、という感じで祖母が背中に乗ると、父は祖母を背負い上げ、ゆっくりと石段を下りて来た。祖母は随分小さくなっていたので、父の背におぶさると、まるで子供みたいに感じられた。

恥ずかしそうにしていた祖母も、やがて、「いい匂い……」といつの間にか、父の背に顔を埋めていた。あれほど嫌っていた父の匂いが、長い年月を経て、ようやっと受け入れられたのか。祖母の目からは涙が流れていた。

「あ、涙！」突然、百太がからかうように叫んだ。

「ねぇ、見て、見て！　泣いているよ」

百太が嬉しそうに、私の袖を引っ張るが、次の瞬間、ギョッとしたように押し黙った。

それは、父の目にも光る物が見えたからだ。

「……」

私達はポカンとして、ただその場に立ち尽くしていた。

今まで、強くて、賢くて偉大な存在以外の何者でもなかった父が、泣いている……！

その事が、私たちに衝撃を与えていた。

見上げると、境内の入口に建っている、両面宿儺像の目からも涙がこぼれていた。雨は、その恐ろしいような、困ったような横顔を伝い、まるで泣いているようにも見えるのだ。私にはそれが、祖母の涙と重なって見えた。

長年、許したくとも許せずに、愛したくとも愛せずに、苦しんできた祖母の姿に——。

父と祖母は、石段の上に植えられた、満開のしだれ桜の下を、一段一段、ゆっくりと下りて来た。それは、これまでの心の隙間を、埋めるようにも見受けられた。そこには誰にも立ち入れない、二人だけの時間が流れているような気がした。

私にとって、父と祖母と言えば、あの日の姿だ。

あの桜の下を、祖母を背負い、春時雨の中、歩む父の姿を思い出すたびに、何十年もの時を経て、二人は、ようやく心が一つになれたのではないかと感じるのだ。

そうして、真の母子になったのではないかと思った。

【参考文献】

『新訳　武士の娘』杉本鉞子・著／小坂恵理・訳（PHP研究所）
『図説　江戸の学び』市川寛明、石川秀和・著（河出書房新社）
『諸藩の刑罰』井上和夫・著（人物往来社）

本作品は書き下ろしです。

実業之日本社文庫　最新刊

沖田円

喫茶とまり木で待ち合わせ

生き方に迷ったら、街の片隅の「喫茶とまり木」へ疲れた羽を休めに来て――。不器用な心を救う、ヒューマンドラマの名手・沖田円の渾身作、待望の文庫化!!

お114

倉阪鬼一郎

おもいで料理きく屋　なみだ飯

亡き大切な人との「おもいで料理」が評判の「きく屋」。ある日、職人の治平が料理を注文するため訪れる。その仔細を聞くと……。感涙必至、江戸人情物語!

く415

桜木紫乃

星々たち　新装版

いびつでもかなしくても、生きてゆく――。北の大地を彷徨う塚本千春と、彼女にかかわる人々の闇と光を炙り出す珠玉の九編。（解説／新井見枝香）

さ52

沢里裕二

極道刑事　凌辱の荒野

吉原のソープ嬢が攫われた。彼女は総理大臣の娘だった。一方、人気女性コメンテーターも姿を消した。事件の裏には悪徳政治団体の影が…。極道刑事が挑む!

さ321

斜線堂有紀

廃遊園地の殺人

失われた夢の国へようこそ。巨大すぎるクローズドサークルで起こる、連続殺人の謎を解け! 廃墟×本格ミステリ! 衝撃の全編リライト&文庫版あとがき収録。

し111

実業之日本社文庫　好評既刊

実業之日本社文庫　好評既刊

花房観音
寂花《じゃっか》の雫《しずく》
京都・大原の里で亡き夫を想い続ける宿の女将と謎の男の恋模様を抒情豊かに描く、話題の団鬼六賞作家の初文庫書き下ろし性愛小説！（解説・桜木紫乃）
は２１

花房観音
萌えいづる
『女の庭』をはじめ、話題作を発表し続けている団鬼六賞作家が、平家物語をモチーフに、京都に生きる女たちの性愛をしっとりと描く、傑作官能小説！
は２２

花房観音
半乳捕物帖
茶屋の看板娘のお七は、夜になると襟元から豊かな胸をのぞかせ十手を握る。色坊主を追って、江戸城大奥に潜入するが――やみつきになる艶笑時代小説！
は２３

花房観音
紫の女《ひと》
「源氏物語」をモチーフに描く、禁断の三角関係。若い部下に妻を寝取られた夫の驚愕の提案とは（「若菜」）。粒ぞろいの七編を収録。（解説・大塚ひかり）
は２４

花房観音
好色入道
京都の「闇」を探ろうと、元女子アナウンサーが怪僧・秀建に接近するが、秘密の館で身も心も裸にされてしまい――。痛快エンタメ長編！（解説・中村淳彦）
は２５

実業之日本社文庫 な73

おやこしぐれ

2024年10月15日　初版第1刷発行

著　者　中得一美《なかえひとみ》

発行者　岩野裕一
発行所　株式会社実業之日本社
〒107-0062　東京都港区南青山6-6-22 emergence 2
電話 [編集]03(6809)0473 [販売]03(6809)0495
ホームページ　https://www.j-n.co.jp/
ＤＴＰ　ラッシュ
印刷所　大日本印刷株式会社
製本所　大日本印刷株式会社

フォーマットデザイン　鈴木正道（Suzuki Design）

ISBN978-4-408-55914-8（第二文芸）